Les nouveaux CAHIERS

HISTOIRE GÉOGRAPHIE

ENSEIGNEMENT MORAL ET CIVIQUE

1re BAC PRO

W0279173

Coordination :

Olivier Apollon et Christophe Escartin

IEN lettres-histoire-géographie

Emmanuel Dubus

Professeur de lettres-histoire-géographie, académie de Toulouse

Rémi Lahire

Professeur de lettres-histoire-géographie, académie de Nancy-Metz

Jenny Mouillet

Professeure de lettres-histoire-géographie, académie de Besançon

Sophie Philippi

Professeure de lettres-histoire-géographie, académie de Strasbourg

FOUCHER

Conception graphique : Favre & Lhaïk
Mise en page : STDI
Cartographie : AFDEC
Iconographie : Sophie Suberbère, Hatier illustration
Relecture : Anne Rémond

ISBN 978-2-216-17601-4

Nouveautés numériques

LA CARTOTHÈQUE FOUCHER

La cartothèque de vos Nouveaux Cahiers !

Retrouvez au même endroit tous les outils de votre ouvrage de Première :

- Tous les fonds de carte
téléchargeables en PDF pour imprimer, compléter, colorier, hachurer…

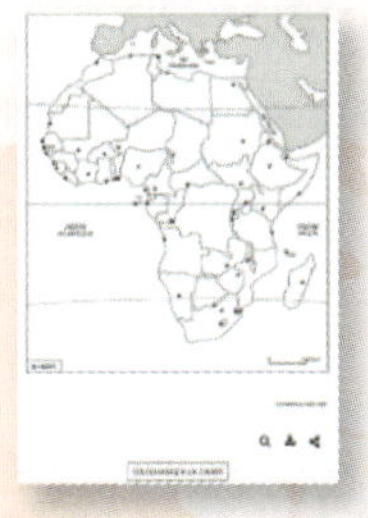

- Toutes les cartes interactives
sur foucherconnect pour jouer, manipuler, ajouter les légendes.

#carte interactive
foucherconnect.fr/23hgc041

- Des vidéos cartes
Dans un format court, la carte devient histoire : notions, dates et données sont transformées en images pour mieux comprendre et retenir les éléments clés.

▶ Vidéo carte
foucherconnect.fr/25hgc039

LES LIENS FOUCHERCONNECT

Le manuel papier s'enrichit de ressources numériques

foucherconnect.fr

GRATUIT !
Accessible SANS INSCRIPTION.
EN LIGNE sur www.foucherconnect.fr

VOS RESSOURCES NUMÉRIQUES...

carte interactive

vidéo carte

EDD et EMI Ressources-PDF

OBJECTIFS DE DÉVELOPPEMENT DURABLE

Les 17 objectifs du développement durable constituent une **feuille de route mondiale** avec l'objectif de réduire l'impact des activités humaines sur l'environnement, mais aussi promouvoir un monde plus juste en réduisant les inégalités.

Les pastilles **Ressources EDD** (éducation au développement durable) mais aussi **Ressources EMI** (éducation aux médias et à l'information), **qui partent d'une situation liée au programme**, sont d'une part destinées à enrichir les questionnements des élèves sur les enjeux du développement durable et, d'autre part, à leur permettre de développer leur esprit critique dans un monde ultra-connecté où l'information et les médias sont omniprésents.

Les exemples proposés permettent de réfléchir de manière approfondie et de débattre sur les grands enjeux sociétaux et les conséquences de nos modes de vie dans tous les domaines (économie, société, culture, numérique, environnement, politique...).

Ressource EMI

Ressource EDD

SOMMAIRE

vidéo

lien

mémo > AUDIO

audio

Arts et Culture en numérique

À la découverte de votre ouvrage

En histoire et géographie

Ouverture de thème

> Je découvre
> Je me repère
> Je comprends

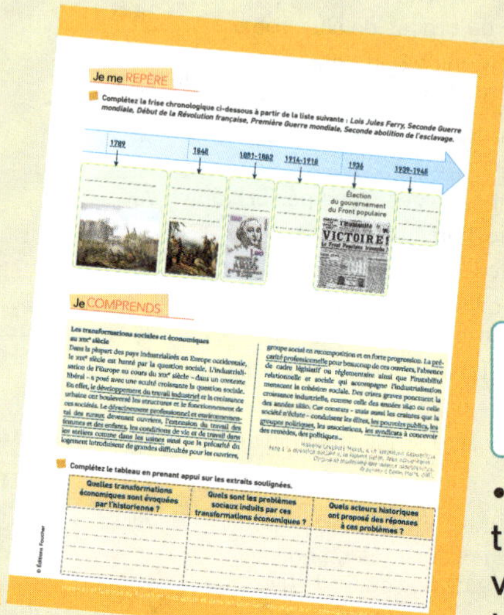

Trois problématiques, trois études

• Dans chaque thème, trois études et des activités variées en lien avec toutes les capacités du programme

Différenciation

• Deux parcours pour répondre à l'hétérogénéité des classes

PARCOURS **autonome** PARCOURS **accompagné**

Approfondissement d'une capacité travaillée

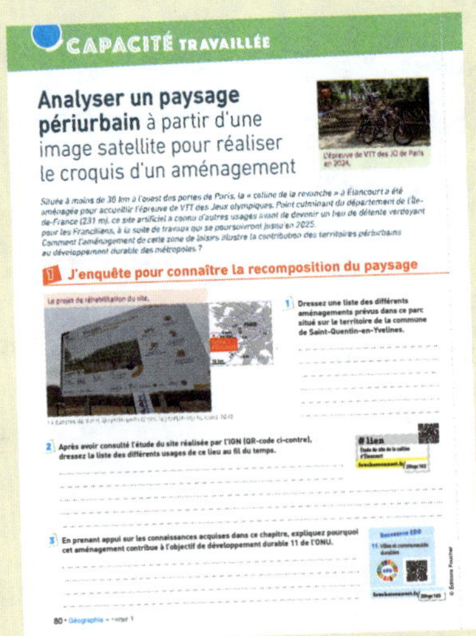

• Phase méthodologique et phase d'entraînement

Lien avec le français ou le projet

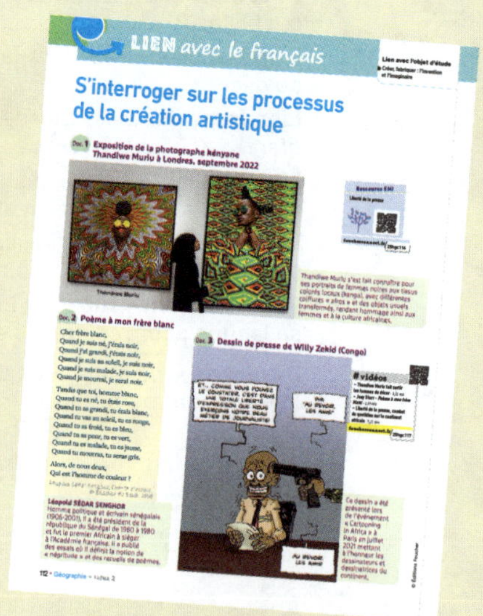

• Pour une mise en œuvre de l'interdisciplinarité

En EMC

Mise en perspective et démarche de projet

• À la découverte du thème annuel

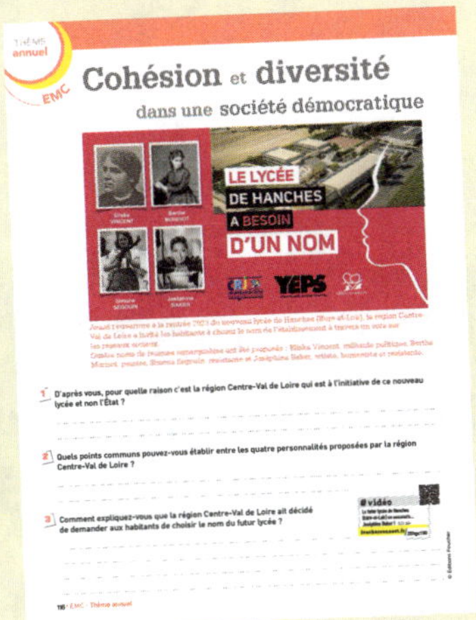

• Je développe mon « esprit critique » : un temps dédié à la découverte d'un document pour mobiliser ses compétences de **réflexion critique**.

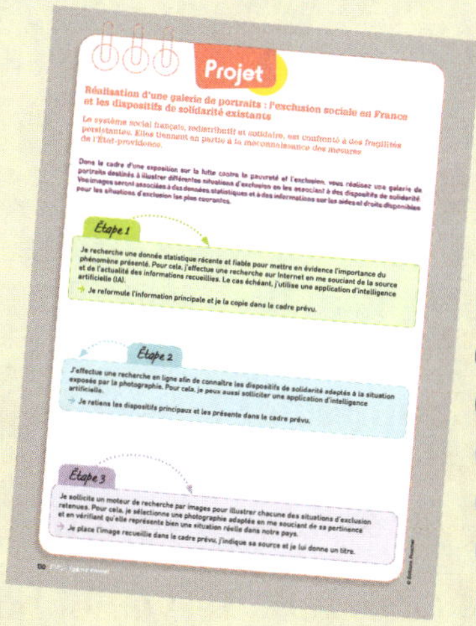

• Une **démarche de projet** qui permet de s'inscrire dans une perspective d'**engagement actif**.

En histoire, géographie et EMC

Bilan, repères et notions

• Synthèse audio ou rédigée et mots-clés

• Une page spécifique pour comprendre le rôle et l'influence des acteurs

Préparation à l'examen

• Des schémas à compléter pour mobiliser ses connaissances

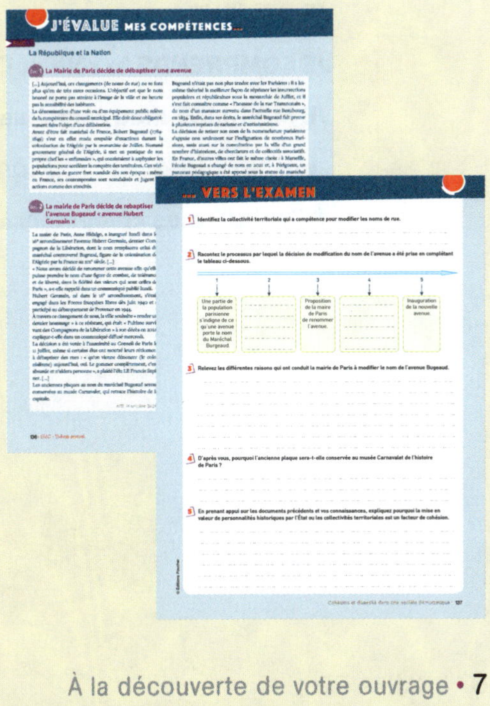

SOMMAIRE

Histoire

Géographie

THÈME 2

Enseignement moral et civique

Quatre pages « Arts et culture » téléchargeables
en histoire et en géographie

PDF
Arts & CULTURE
foucherconnect.fr/25hgc090

THÈME 1

Histoire

Hommes et femmes au travail en métropole et dans les colonies françaises (XIXe siècle – première moitié du XXe siècle)

Depuis le début du XIXe siècle, la nature du travail a beaucoup changé. D'une société essentiellement paysanne, la France s'est transformée en une société davantage tournée vers l'industrie et les services. Comment le rapport au travail des Françaises et des Français a-t-il transformé la société française ?

Je DÉCOUVRE

Triage des huîtres à Cancale en Bretagne, au début du XXe siècle.

 # vidéo
Le métier d'ostréiculteur à Cancale aujourd'hui - 2,41 min
foucherconnect.fr/25hgc010

Que vous inspire cette photographie ?

....

D'après cette photographie, comment pouvait s'organiser le travail ostréicole au début du 20e siècle à Cancale ?

....

....

....

Je me REPÈRE

Complétez la frise chronologique ci-dessous à partir de la liste suivante : *Lois Jules Ferry, Seconde Guerre mondiale, Début de la Révolution française, Première Guerre mondiale, Seconde abolition de l'esclavage.*

1789

....

....

1848

....

....

....

1881-1882

....

....

1914-1918

....

....

....

1936

Élection du gouvernement du Front populaire

l'Humanité

VICTOIRE !

Le Front Populaire triomphe !

SONT ÉLUS

SONT BATTUS

1939-1945

....

....

....

Je COMPRENDS

Les transformations sociales et économiques au XIXe siècle

Dans la plupart des pays industrialisés en Europe occidentale, le XIXe siècle est hanté par la question sociale. L'industrialisation de l'Europe au cours du XIXe siècle – dans un contexte libéral – a posé avec une acuité croissante la question sociale. En effet, le développement du travail industriel et la croissance urbaine ont bouleversé les structures et le fonctionnement de ces sociétés. Le déracinement professionnel et environnemental des ruraux devenant ouvriers, l'extension du travail des femmes et des enfants, les conditions de vie et de travail dans les ateliers comme dans les usines ainsi que la précarité du logement introduisent de grandes difficultés pour les ouvriers, groupe social en recomposition et en forte progression. La précarité professionnelle pour beaucoup de ces ouvriers, l'absence de cadre législatif ou réglementaire ainsi que l'instabilité relationnelle et sociale qui accompagne l'industrialisation menacent la cohésion sociale. Des crises graves ponctuent la croissance industrielle, comme celle des années 1840 ou celle des années 1880. Ces constats – mais aussi les craintes que la société n'éclate – conduisent les élites, les pouvoirs publics, les groupes politiques, les associations, les syndicats à concevoir des remèdes, des politiques…

Isabelle Lespinet-Moret, « La Troisième République face à la question sociale », in Robert Belot, *Tous républicains !, Origine et modernité des valeurs républicaines*, © Armand Colin, Paris, 2011.

Complétez le tableau en prenant appui sur les extraits soulignées.

Quelles transformations économiques sont évoquées par l'historienne ?	Quels sont les problèmes sociaux induits par ces transformations économiques ?	Quels acteurs historiques ont proposé des réponses à ces problèmes ?
....	....	....
....	....	....
....	....	....
....	....	....
....	....	....

ÉTUDE 1

Travailler au XIXe et dans la première moitié du XXe siècle

CAPACITÉS
- **Identifier** les notions dans une ou plusieurs situations.
- **Questionner** un/des documents pour conduire une analyse historique.

Travailler au XIXe siècle et dans la première moitié du XXe siècle impliquait une multitude de métiers considérés plus ou moins noblement, dans l'agriculture pour une grande partie des Françaises et des Français, dans l'artisanat ou bien encore dans l'industrie naissante.
Comment ces métiers se sont-ils transformés durant cette période ?

1 Une variété de métiers au XIXe siècle et au début du XXe siècle

Doc. 1 Mémoires d'un paysan breton

Mon père avait été et était encore un maître à manier tous les outils agricoles ; il m'avait donné de bonnes leçons pour l'entretien et le maniement de ces outils. Avec cela, et mon courage aidé par l'amour-propre, je me sentais capable de suivre sinon les plus forts, du moins ceux de moyenne force, et surtout les filles de ferme, avec lesquelles il ne fallait pas rester en arrière, sous peine de perdre tout prestige et l'estime même de ces filles, qui étaient très heureuses et très fières de vous battre, car elles obtenaient d'être citées et trouvaient à se placer plus avantageusement ou même à se marier ; le malheureux vaincu devenait un objet de moqueries et d'injures, et par suite, trouvait difficilement à se replacer.
Je fus assez heureux pour me tirer de cette première année tout à mon honneur et à mon avantage. J'acquis ainsi d'emblée une double réputation à rendre jaloux tous les autres : j'étais un ouvrier capable, doublé d'un petit savant, car alors, quand on voyait un homme à la messe avec un livre, on le prenait pour un grand savant. J'emportais toujours le mien, celui que le curé m'avait donné. De plus, j'étais chargé par la fermière, sur les conseils du curé, de lire tous les soirs la *Vie des saints* et de dire les Grâces que je savais par cœur et que je scandais pathétiquement, avec une grande onction, un peu mêlée, peut-être, de fierté et d'orgueil, qui pouvaient ôter à mes prières toutes leurs vertus.
Je passai ainsi mon temps entre trois ou quatre fermes, jusqu'à la fin de 1852 ; j'avais alors dix-huit ans et je commençais à me demander si j'étais condamné à passer toute ma vie dans ce rude métier et dans ce triste milieu de misères, de superstitions et d'ignorance. J'avais déjà entendu et vu certaines choses qui me faisaient réfléchir, des choses qui étaient en contradiction avec ce que nous disait le curé et avec ce que je lisais dans mes livres bretons.

Jean-Marie Déguignet, *Mémoires d'un paysan bas-breton*, 1904-1905.

1 Doc. 1 Quelles compétences possédait l'auteur ?

....
....
....
....
....
....
....
....
....

2 Doc. 1 Comment l'auteur décrit-il la société dans laquelle il vit ?

....
....
....
....
....
....
....
....
....
....
....
....
....
....
....
....

Doc. 2 Mémoires d'un compagnon

Le narrateur, compagnon menuisier, raconte son tour de France et, ici, son arrivée à Chartres chez un artisan.

J'arrive chez M. Casting [...]. Il m'accueillit avec cordialité. J'eus pour camarades d'atelier un nommé Pierre Mallanfant, qui de garçon de ferme était devenu menuisier, et retourna plus tard à ses chevaux, et un nommé Loiseau, tous deux du département d'Eure-et-Loir. J'étais nourri, couché chez le patron. Il avait deux petites filles et un jeune garçon aussi.

Le père Briaut, charpentier du pays, camarade de M. Casting, avec lequel il allait souvent boire chopine, ayant su que j'avais des plans d'escaliers, me pria de donner des leçons à son fils aîné, qui pouvait être de mon âge. Je refusai obstinément. Je ne me sentais pas assez savant pour oser me faire professeur de trait. Je devais revoir plus tard ces braves gens et leur donner satisfaction. Le fils Briaut, ayant alors succédé à son père dans la conduite des travaux, devint de mes élèves. Il savait déjà faire les escaliers droits ; il apprit de moi à faire les escaliers tournants.

Six jours de la semaine je restais dans l'atelier à travailler : le septième, jour du repos, j'allais dans les champs.

Agricol Perdiguier, *Mémoires d'un compagnon*, 1855.

#vidéo
Le travail à la mine - 5,37 min
foucherconnect.fr/25hgc001

Doc. 3 Remontée de mineurs vers 1900 dans le nord de la France

3 Doc. 3 **Faites correspondre les numéros aux propositions de lecture ci-dessous.**

....	Le moulineur actionne un levier donnant l'ordre au machiniste en surface de faire monter ou descendre les wagonnets (appelés bennes ou berlines).
....	Le puits par lequel descendent et remontent les wagonnets donne accès aux différentes galeries dans lesquelles est extrait le minerai de charbon.
....	Dans ce wagonnet, on observe deux mineurs et un galibot. Celui-ci est un enfant qui fait son apprentissage auprès d'un mineur. Son rôle est souvent de pousser les wagonnets au fond de la mine.
....	On remonte le minerai à la surface dans ce genre de wagonnet. Il est ensuite poussé vers des opérations de triage et de lavage. Ces travaux de surface sont souvent dévolus aux femmes et aux plus jeunes.

4 Doc. 1, 2 et 3 **Comment apprend-on un métier au XIXe siècle ?**

....

....

....

2 La transformation de l'économie française dans la première moitié du XXe siècle

Doc. 1 Atelier de carrossage d'automobiles en 1900

Armand Peugeot fonde en 1896 la Société anonyme des automobiles Peugeot, suite au désaccord qu'il a avec son cousin Eugène sur l'avenir de l'automobile.

Seules des « voitures automobiles », c'est-à-dire munies d'un moteur et d'un siège de carrosserie, pourront être fabriquées par cette société afin de ne pas concurrencer la fabrication des bicyclettes et autres engins produits par les usines de son cousin.

L'usine d'Audincourt, baptisée « usine des autos », débute son activité le 12 avril 1897 avec la fabrication de 54 véhicules cette même année. Son activité augmente rapidement puisque ce sont 798 véhicules qui seront construits en 1899 et 1 000 en 1905.

De 125 ouvriers en 1897, les effectifs atteignent 1 000 personnes en 1910. Plusieurs cités ouvrières seront construites autour de l'usine pour loger ces ouvriers.

Centre d'archives de Terre Blanche.

Ouvriers travaillant dans l'atelier de carrossage à Audincourt en 1900.

Doc. 2 Chaîne de finition en 1934

Chaîne de finition de la traction avant dans les usines Citroën de Paris en 1934 ; la production automobile augmente considérablement durant l'entre-deux-guerres.

1 Doc. 1 **Comment s'organise le travail à l'usine ? Cochez la bonne réponse.**

❑ Les ouvriers circulent entre les automobiles pour les aménager en faisant des allers-retours vers leur établi.

❑ Les ouvriers sont statiques, les automobiles se déplaçant sur un tapis.

2 Doc. 1 **Que peut-on dire du nombre d'ouvriers qui travaillent dans l'usine Peugeot au début du XXe siècle ?**

....

....

3 Doc. 1 et 2 **Observez la configuration de l'usine Citroën de Paris en 1934. Le travail est-il organisé de la même manière que dans le document 1 ?**

....

....

....

....

....

4 Doc. 1 et 2 **Comment les usines Citroën parviennent-elles à augmenter la production d'automobiles durant l'entre-deux-guerres ?**

....

....

....

Doc. 3 Publicité pour les engrais Joudrain en 1898

Doc. 4 Les machines agricoles dans les campagnes françaises

	1892	1929	1956
Tracteurs	0	27 000	396 000
Semoirs mécaniques	52 000	322 000	457 000
Arracheuses de pommes de terre	0	59 000	79 000
Machines à traire	0	3 500	90 000

5 Doc. 3 **Quel message véhicule cette affiche publicitaire ? Cochez les bonnes propositions.**

- ☐ L'industrie et l'agriculture sont en concurrence.
- ☐ Pour obtenir de bonnes récoltes, il faut utiliser des engrais.
- ☐ L'industrie des engrais produit de manière considérable.
- ☐ Les engrais Joudrain sont fiers de présenter leurs usines, symboles de progrès.

6 Doc. 4 **Quelle évolution de l'agriculture française peut-on lire dans ce tableau ?**

....

....

....

7 Doc. 3 et 4 **Pourquoi peut-on dire que l'agriculture française se transforme entre les années 1890 et les années 1950 ?**

....

....

....

Je fais le point sur… Travailler au XIXe et dans la première moitié du XXe siècle

→ *Complétez le tableau suivant.*

	Au XIXe siècle	Dans la première moitié du XXe siècle, l'économie française se transforme
Des activités économiques traditionnelles	.... (élevage, cultures)	Modernisation (.................., utilisation de plus en plus massive des ....)
	.... (exemple : menuiserie, clouterie, etc.)	Concurrence de l'industrie dans certains secteurs
Une activité économique récente	L'industrie (exemple : textile, mines, ..., etc.)	Le recours au ....
Un processus historique	L'**industrialisation** de l'économie française	

ÉTUDE 2

La conquête de droits sociaux

CAPACITÉS
- **Identifier** les notions dans une ou plusieurs situations.
- **Construire** une frise chronologique identifiant les acteurs de la question sociale, leurs modalités d'action et les principales avancées sociales sur la période étudiée.

Avec le XIXe siècle, les ouvriers se rassemblent peu à peu pour conquérir de nouveaux droits et améliorer leurs conditions de travail et de vie. Comment le monde ouvrier, issu des ateliers et des usines, a-t-il obtenu ces nouveaux droits ?

1 La première grande révolte ouvrière au XIXe siècle : la révolte des canuts

Doc. 1 Chronologie de la révolte des canuts

Un an après la révolution de Juillet (1830) et l'arrivée au pouvoir du roi Louis-Philippe, une révolte éclate à Lyon menée par des maîtres-ouvriers de la soie dans un contexte de libéralisation de l'économie. Les ouvriers sont rémunérés par des négociants à la pièce et en fonction des hausses et des baisses des prix. En 1831, l'activité industrielle continuant de diminuer, les salaires sont au plus bas.

26 octobre 1831	Fin octobre-début novembre 1831	20 novembre 1831	21-23 novembre 1831	Fin novembre-début décembre 1831
Établissement à Lyon d'un salaire (tarif) minimum conclu entre le préfet (représentant du roi Louis-Philippe), une majorité de négociants et les ouvriers.	104 négociants refusent d'appliquer ce tarif minimum.	Chefs d'atelier et ouvriers se réunissent et décident de cesser le travail le lendemain.	Cessation du travail et début des affrontements avec les forces de l'ordre. Suivent trois jours d'émeute où les ouvriers obligent les forces de l'ordre à quitter Lyon.	Reprise en main de la situation par le roi : annulation du tarif minimum et arrestation de 90 ouvriers.

Doc. 2 La révolte des canuts

Événements de Lyon, Combat du Pont Morand, novembre 1831, gravure sur cuivre, © musée Gadagne, Lyon.

 # vidéo
La révolte des canuts - 1,16 min
foucherconnect.fr/25hgc002

Doc. 3 La révolte racontée par un canut

C'est le cœur navré et la tête couverte d'un crêpe pour le deuil de nos frères et de nos amis que nous allons rendre compte des événements qui se sont passés dans notre ville [...].

Les chefs d'atelier et les ouvriers voyant que le tarif n'était qu'une clause illusoire, que beaucoup de négociants ne voulaient point le reconnaître, et humiliés par quelques-uns qui ne prévoyaient point toutes les conséquences d'une conduite quelquefois répréhensible, se rassemblèrent à la Croix-Rousse le dimanche 20 novembre pour aviser au moyen d'obtenir une sanction définitive du tarif. Ils décidèrent que dès le lundi matin tous les métiers cesseraient de travailler, et que les ouvriers descendraient pour réclamer auprès de l'autorité l'exécution des clauses stipulées par MM. les membres des commissions des négociants et des chefs d'atelier en présence de M. le préfet, de M. le maire, des membres de la chambre du commerce et du conseil des prud'hommes. La journée se passa ainsi assez tranquille, et personne ne prévoyait les scènes qui ont eu lieu.

Le lundi 21, dès le matin, quelques groupes s'étaient formés sur la place de la Croix-Rousse, ces groupes n'avaient aucun caractère hostile ; les ouvriers qui les composaient étaient sans armes et discutaient le moyen d'obtenir justice par la modération. Vers les dix heures un fort piquet de gardes nationaux de la 1re légion se présenta sur la place de la Croix-Rousse, et au lieu d'employer la persuasion pour dissiper les groupes, il voulut employer la force ; on résista : le piquet croisa la baïonnette, mais bientôt entouré et désarmé en partie, il fut forcé à la retraite, poursuivi à coups de pierres ; ce premier acte de la force armée exaspéra les ouvriers. Depuis longtemps ils étaient menacés, on leur disait (et nous ne parlons point ici de l'autorité) qu'on recevrait leurs demandes *à coups de fusil* [...]. Des gardes nationaux de la 1re légion, principalement des rues habitées par le commerce, s'étaient rassemblés dès le matin ; moins pacifiques que les ouvriers, ils s'étaient munis de cartouches et étaient décidés à les disperser par la force des armes. [...]

Dans cette première décharge huit ouvriers furent grièvement blessés ; ainsi surpris sans défense ils remontèrent la Grande-Côte en toute hâte et portèrent l'alarme dans la ville de la Croix-Rousse ; des cris *aux armes* ! se firent aussitôt entendre de toutes parts ; la population presque entière s'arma, on ne pensa qu'à la défense ; des barricades furent élevées sur tous les points, et les ouvriers qui dans l'imprévoyance de tels événements n'avaient songé à se procurer ni armes ni munitions, ne durent plus que se dévouer à la mort comme leurs frères.

echo-fabrique.ens-lyon.fr, BM de Lyon, cote 5707, *L'Écho de la Fabrique*, n° 5, 27 novembre 1831.

1 Doc. 1 et 2 **Quel moment de la révolte des canuts est illustré par ce document ? Appuyez-vous sur la chronologie.**

....

....

2 Doc. 3 **Pourquoi les ouvriers lyonnais de la soie (canuts) se sont-ils révoltés en 1831 ? Cochez la ou les bonnes réponses.**

- ☐ Ils veulent obtenir une diminution du temps de travail.
- ☐ Une partie des négociants ne veut pas appliquer un tarif minimum pour payer les canuts.
- ☐ Les canuts se révoltent contre leur vie misérable et le mépris des négociants.

3 Doc. 3 **D'après ce document, quelle action des canuts a été menée en premier lieu le lundi 21 ?**

....

....

4 Doc. 3 **Quels termes montrent qu'il existe un sentiment de solidarité entre les ouvriers ?**

....

....

5 Doc. 1, 2 et 3 **Comment les autorités ont-elles réagi aux revendications des ouvriers entre octobre et décembre 1831 ?**

....

....

....

....

....

....

2 La reconnaissance des revendications ouvrières

Doc. 1 Manifestation d'ouvriers dans l'est de la France au début du XXe siècle

1905 ou 1906, grève des mineurs et métallurgistes à Saulnes (Meurthe-et-Moselle), parade des grévistes.

Doc. 2 Extrait de la loi Le Chapelier (1791)

Article 2
Les citoyens d'un même état ou profession, les entrepreneurs, ceux qui ont boutique ouverte, les ouvriers et compagnons d'un art quelconque ne pourront, lorsqu'ils se trouveront ensemble, se nommer ni président, ni secrétaires, ni syndics, tenir des registres, prendre des arrêtés ou délibérations, former des règlements sur leurs prétendus intérêts communs.

Doc. 3 Extrait de la loi Waldeck-Rousseau (1884)

Article 2
Les syndicats ou associations professionnelles, même de plus de 20 personnes exerçant la même profession, des métiers similaires, ou des professions connexes concourant à l'établissement de produits déterminés, pourront se constituer librement sans l'autorisation du gouvernement.

Article 3
Les syndicats professionnels ont exclusivement pour objet l'étude et la défense des intérêts économiques, industriels, commerciaux et agricoles.

1 Doc. 1 D'après ce document, qu'est-ce qui montre que la grève est devenue un droit pour les ouvriers au début du XXe siècle ?

....

....

2 Doc. 1, 2 et 3 Complétez le tableau suivant en associant chaque loi à un document.

Nom de la loi	.... de 1791	Loi Ollivier de 1864	.... de 1884
Définition	Interdiction de se réunir pour discuter d'intérêts professionnels communs	Reconnaissance du droit de grève	Liberté de se réunir en syndicat
Document	....	....	....

Doc. 4 Élection du gouvernement du Front populaire

 # vidéo
Le Front populaire - 2,29 min
foucherconnect.fr/25hgc003

Couverture du magazine *Regards*, n° 131, du 16 juillet 1936. En mai 1936, le Front populaire est élu et accède au pouvoir politique. C'est un gouvernement dirigé par Léon Blum (au premier plan au centre de l'image) qui soutient les revendications des ouvriers et de leurs syndicats. Il mettra notamment en place deux semaines de congés payés, de meilleurs salaires et une diminution du temps de travail.

3 Doc. 1, 2 et 4 **Que montrent ces documents ? Cochez la bonne réponse et justifiez.**

- ❑ Les ouvriers sont de plus en plus réprimés.
- ❑ Les revendications des ouvriers sont de plus en plus prises en compte par les pouvoirs politiques.

....
....
....
....
....
....
....
....

Je fais le point sur... La conquête de droits sociaux

→ ***Complétez la frise chronologique suivante.***

1791	1831	1864	1884	1936
Loi .... interdisant la réunion de groupes pour discuter de revendications professionnelles.	Révolte des .... à Lyon.	Reconnaissance du droit de	Loi Waldeck-Rousseau : reconnaissance pour les employés du secteur privé du droit de se réunir en	Victoire du .... dirigé par .... soutenu par les .... d'ouvriers. Principales avancées sociales : ....

ÉTUDE 3

Une société qui se transforme

CAPACITÉS

- **Questionner** un ou des documents pour conduire une analyse historique.
- **Identifier** les notions dans une ou plusieurs situations.
- **Contextualiser** une œuvre mettant en scène des femmes au travail pour conduire une analyse historique.
- **Situer** un acteur dans un contexte pour préciser son rôle.

Sous l'effet des transformations de l'économie française et de la conquête de nouveaux droits, la société française change profondément. Quels sont ces changements ?

1 Des structures sociales qui se modifient

Doc. 1 L'urbanisation de la France

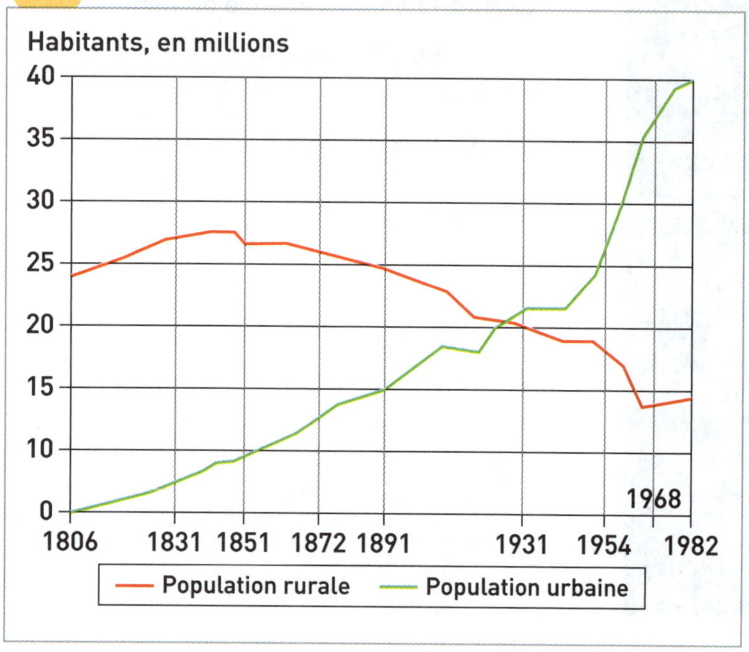

Doc. 2 Structure de la population active française au cours des XIXe et XXe siècles

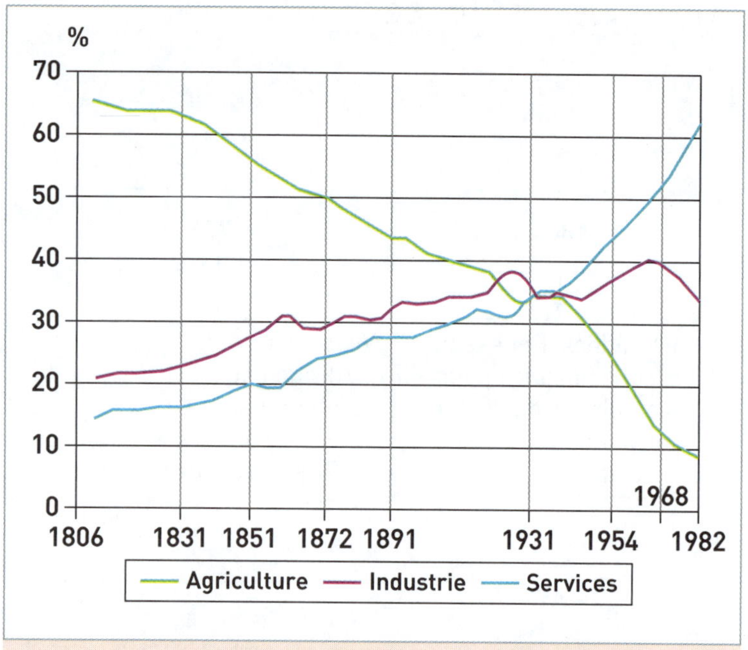

Les traits verticaux correspondent aux dates des recensements.

1 Doc. 1 Quand le nombre de personnes qui habitent en ville dépasse-t-il le nombre de personnes habitant dans les campagnes ?

....

....

2 Doc. 1 Comment appelle-t-on le phénomène en partie responsable de cette évolution ? Cochez la bonne réponse.

- ☐ Les migrations urbaines
- ☐ L'exil rural
- ☐ L'exode rural

3 Doc. 2 Comment évolue la structure de la population active de 1806 à 1982 ?

....

....

....

....

....

....

....

....

....

....

....

....

....

vidéo
L'exode rural au milieu du XXe siècle - 2,44 min
foucherconnect.fr/25hgc004

Ressource EDD

5. Égalité entre les sexes

foucherconnect.fr/25hgc005

4 Doc. 3 **Quels sont les métiers exercés par les femmes représentés sur cette affiche ?**

5 Doc. 3 **Quelle évolution sociale cette affiche montre-t-elle ?**

Doc. 3 Une du journal *Le Populaire* (septembre 1945)

En 1944, les femmes deviennent électrices et éligibles et peuvent en principe participer ainsi pleinement à la vie politique. Le parti socialiste SFIO est un parti politique.

6 Doc. 1, 2 et 3 **En vous aidant des chapitres précédents, comment pourriez-vous expliquer ces évolutions sociales ? Rédiger un texte en utilisant les termes suivants : *secteur des services, usines, population urbaine, féminine, mécanisation, population rurale, industrie, ville.***

Ressource EMI

La presse d'opinion

foucherconnect.fr/25hgc011

2 Une question sociale qui devient politique : l'éducation

Doc. 1 Le constat du docteur Villermé sur le travail des enfants dans les manufactures de textile en 1838

Pour mieux faire sentir combien est trop longue la journée des enfants dans les ateliers, rappellerai-je ici que l'usage et les règlements fixent pour tous les travaux, même pour ceux des forçats, la journée de présence à douze heures, que le temps de repos réduit à dix... Seize à dix-huit heures debout chaque jour, dont treize au moins dans une pièce fermée, sans presque changer de place ni d'attitude, ce n'est plus là un travail, une tâche, c'est une torture ; et on l'inflige à des enfants de six à huit ans, mal nourris, mal vêtus, obligés de parcourir dès cinq heures du matin la longue distance qui les sépare de leurs ateliers et qu'achève d'épuiser le soir leur retour de ces mêmes ateliers. Comment ces infortunés, qui peuvent à peine goûter quelques instants de sommeil résisteraient-ils à tant de misère et de fatigue ?

Louis-René Villermé, *Tableau de l'état physique et moral des ouvriers employés dans les manufactures de coton, de laine et de soie*, 1840. BT2 n° 172 du 15/01/1984, « Les enfants au travail dans les usines au XIXe », Chantier BT2 de l'ICEM – pédagogie Freinet.

Doc. 2 Le temps de travail des ouvriers, mineurs et majeurs, d'après un manufacturier textile de Lille en 1837

Les longues journées sont de 15 heures pendant lesquelles le moteur doit travailler, mais là-dessus les ouvriers s'entendent pour prendre le temps nécessaire pour leurs trois repas et pour différents repos et malgré le soin que je prends pour faire travailler 15 heures, les produits calculés d'après la vitesse bien connue du moteur prouvent que les ouvriers actifs ne travaillent, terme moyen, que 72 heures par semaine.

Théodore Barrois, *Rapport à la Chambre de commerce de Lille sur l'état physique et moral des ouvriers dans les filatures de Lille*, 1837. BT2 n° 172 du 15/01/1984, « Les enfants au travail dans les usines au XIXe », Chantier BT2 de l'ICEM – pédagogie Freinet.

1 Doc. 1 **Quel âge avaient les plus jeunes enfants dans les usines textiles de France ?**

....

2 Doc. 1 et 2 **Combien d'heures par jour travaillaient les enfants dans ces manufactures ?**

....

3 Doc. 1 et 2 **Les deux auteurs ont-ils la même perception du travail des ouvriers ?**

....

....

....

....

Ressource EDD

4. Éducation de qualité

foucherconnect.fr/25hgc006

Doc. 3 Jean Jaurès et l'école laïque (1904)

« La démocratie a le devoir d'éduquer l'enfance ; et l'enfance a le droit d'être éduquée selon les principes mêmes qui assureront plus tard la liberté de l'homme. »

Extrait du discours de Jean Jaurès à l'occasion de la fête des écoles laïques de Castres le 30 juillet 1904.

4 Doc. 3 **Pour Jean Jaurès, le rôle de l'école est-il seulement de protéger les enfants contre les conditions de travail pénibles ?**

....

....

....

....

....

Doc. 4 Discours de Jules Ferry, le 3 mai 1883

La visée suprême, le but final, la mission sociale de l'école moderne, c'est l'éducation de cette démocratie ouvrière qui n'est pas seulement la majorité du nombre, mais dont les vertus laborieuses font la force du pays (*Vive approbation*). [...]
Tous les nouveaux programmes reposent sur cette double idée : l'enseignement primaire, dans une démocratie, doit consister d'abord dans une éducation générale, sans laquelle il n'y a pas de spécialité durable, pas d'enseignement professionnel solide et sérieux (*Très bien ! très bien !*) ; et, en second lieu, dans une série d'exercices tendant à mettre l'enfant, par des initiations progressives et ménagées, en contact avec les réalités de la vie. Former dès l'enfance l'homme et le citoyen, préparer des ouvriers pour l'atelier, c'est notre tâche, et, si la génération actuelle a le temps de la remplir, elle pourra se coucher glorieuse dans sa tombe ! (*Double salve d'applaudissements*). [...]
Messieurs, l'enseignement professionnel qui sera donné ici aura pour caractère distinctif de ne point constituer un enseignement spécial pour une industrie quelconque : il sera professionnel sans spécialité ; il distribuera les principes généraux sur lesquels reposent toutes les industries ; il associera, par exemple, les notions qui président à l'industrie du fer à celles qui dirigent l'industrie du bois. Pendant les trois ans que les jeunes élèves de Vierzon passeront à l'école professionnelle, entre la douzième et la seizième année, ils deviendront sans peine – l'expérience en est faite, les programmes arrêtés, le temps d'études fixé dès à présent –, ils deviendront experts dans ces deux branches fondamentales du travail manuel, le travail du fer et le travail du bois. Et quelle sera la conséquence de cette éducation professionnelle générale, qui ne lui donnera pas encore un métier, mais qui le rendra capable d'apprendre beaucoup plus vite et beaucoup mieux celui qu'il lui plaira de choisir ?
Cette conséquence est double : d'abord, il est évident que la durée de l'apprentissage lui-même sera singulièrement réduite, ce qui est un avantage considérable et, en second lieu, pendant ces trois ans d'études, l'enfant aura le temps de faire ce qu'il ne peut pas aujourd'hui, de choisir librement et en connaissance de cause la carrière qui lui convient, de déterminer sa vocation.

Bulletin administratif de l'Instruction publique, n° 544, 1883, p. 184-185.

Jules Ferry, ministre de l'Instruction publique, prononce ce discours le 3 mai 1883, à l'occasion de la pose de la première pierre de l'école nationale professionnelle de Vierzon. Depuis 1881, sous l'impulsion de Jules Ferry, d'une part, tous les enfants de 6 à 13 ans doivent être scolarisés et, d'autre part, des écoles nationales professionnelles sont créées. Dans ces dernières, le temps d'études est de 42 à 44 heures par semaine.

5 Doc. 4 **Quel est le sujet de ce discours ? Cochez la bonne réponse.**

- ☐ L'école primaire obligatoire, gratuite et laïque
- ☐ L'enseignement primaire et l'enseignement professionnel
- ☐ L'enseignement professionnel

6 Doc. 1, 2, 3 et 4 **Quel objectif poursuit Jules Ferry à travers l'obligation scolaire et la création des écoles nationales professionnelles ? Appuyez-vous sur les phrases soulignées.**

....

....

....

....

Je fais le point sur... Une société qui se transforme

→ *Complétez le schéma en utilisant les termes suivants :* **industrialisation, exode rural, services, agriculture, scolarisation, urbain, féminisation des emplois, rural, industrie, artisanat.**

Au début du XIXe siècle, la France est un pays essentiellement .... où les habitants travaillent majoritairement dans l'.............. et l'.............. . Peu d'enfants vont à l'école primaire et beaucoup travaillent dès leur plus jeune âge.

→ ....
....
....
....

Au milieu du XXe siècle, la France est un pays essentiellement .... où les habitants travaillent dans l'.............. et les .... Tous les enfants sont obligatoirement scolarisés jusqu'à 14 ans et peuvent poursuivre des études notamment professionnelles.

DIFFÉRENCIATION

La condition féminine et le monde ouvrier à la fin du XIXe siècle

CHOISISSEZ LE PARCOURS QUI VOUS CONVIENT LE MIEUX

Ressource EDD

5. Égalité entre les sexes

foucherconnect.fr/25hgc007

Doc. 1 Les combats d'Hubertine Auclert

Hubertine Auclert (1848-1914) est une femme française qui milita ardemment pour l'égalité juridique entre les hommes et les femmes à une époque où les hommes avaient acquis le droit de vote (1848) mais pas les femmes.
Hubertine Auclert militait également pour que les femmes puissent travailler comme les hommes et être indépendantes économiquement.

Tout travail devant être rétribué, quand la femme prend soin du ménage et des vêtements, elle a le droit de toucher la moitié du prix auquel est évalué ce travail. L'homme ne recevrait pas, gratuitement, de services d'une étrangère ; il n'est que juste qu'il indemnise pour sa part sa compagne de son labeur.

Peut-être trouverez-vous étrange que je fasse ces divisions entre hommes et femmes. C'est qu'avant tout, j'ai le souci de la dignité humaine. C'est que je crois qu'un homme estimera sa femme, qu'une femme cessera de se croire l'obligée de son mari, quand, au point de vue économique, tous deux seront réciproquement indépendants. C'est qu'enfin, au rebours de ce qui est socialement admis, je fais passer avant l'indépendance économique de l'homme, l'indépendance économique de la femme, parce que c'est à la femme qu'incombe naturellement la charge de l'enfant. Le mari peut oublier quelques fois ses devoirs de père ; il peut abandonner sa femme et ses enfants. L'amant se dérobe presque toujours aux charges de la paternité. La mère, attachée à son enfant, meurt parfois d'inanition en lui donnant sa dernière goutte de lait, sa dernière bouchée de pain.

Et quand la femme sur laquelle pèse une pareille responsabilité – la vie matérielle de l'enfant, quand la femme est admise dans une industrie* quelconque, l'homme proteste, l'homme se récrie :

– « Femme, tu vas prendre notre place. »
– « L'enfant et moi, nous mourrions de faim », dit la femme.
– « C'est à moi de te nourrir, toi et tes enfants. »

Je ne veux pas pousser plus loin le dialogue entre ces deux rivaux, la femme et l'homme, dans la lutte contre l'existence.

Je l'ai dit : je n'admets pas que l'homme doive seul pourvoir aux besoins de la famille. Toute femme qui, pouvant travailler, trouve plus commode de se faire loger et nourrir par son mari n'est, selon moi, qu'une femme entretenue.

Mais je vous demande à vous qui admettez cette hypothèse – la femme entretenue par son mari – qui nourrira la femme avant qu'elle ne soit pourvue d'un mari ? Qui nourrira la femme quand elle restera célibataire ? Qui nourrira la veuve et ses enfants ? Ah ! Je vous entends ! Dans la société future, les enfants seront à la charge de la commune ou de l'État. Mais en attendant que cette société soit mieux organisée, toutes ces catégories de femmes et d'enfants sans travail, ni pourvoyeur, ont faim et l'estomac ne se satisfait pas d'espérances.

Citoyens, je le constate avec tristesse, vous qui vous dites les forts, vous qui faites un jeu de l'existence de celles que vous appelez les faibles. Que vous soyez riches, que vous soyez pauvres, vous exploitez les femmes.

* Travail.

Discours prononcé par Hubertine Auclert le 22 octobre 1879, au 3e congrès ouvrier, tenu à Marseille, devant 132 délégués et plusieurs centaines d'auditrices et d'auditeurs. L'assemblée est très majoritairement composée d'hommes.

PARCOURS **autonome**

→ **Précisez quelle place les femmes occupent dans le monde du travail d'après Hubertine Auclert.**
Voici une proposition d'organisation de la réponse : dans une première partie, vous pourrez présenter la vision traditionnelle du rôle de la femme, dans une deuxième partie, les revendications d'Hubertine Auclert.

....

....

....

....

....

....

....

....

....

PARCOURS **accompagné**

1 → **À qui s'adresse Hubertine Auclert dans ce discours ?**

....

2 → **Comment Hubertine Auclert décrit-elle la condition féminine ?**

....

....

....

3 → **Quelle est la principale revendication d'Hubertine Auclert dans cet extrait ? Cochez la bonne réponse.**

- ☐ Que les femmes aient les mêmes droits politiques que les hommes.
- ☐ Que les hommes participent davantage au travail domestique.
- ☐ Que les femmes puissent travailler librement et toucher un salaire équivalent à celui des hommes.

4 → **Quels reproches Hubertine Auclert fait-elle aux hommes, qu'ils soient riches ou qu'ils soient pauvres ? Appuyez-vous sur les phrases soulignées.**

....

....

....

....

....

....

Contextualiser une œuvre mettant en scène des femmes ou des hommes au travail

Le travail forcé dans les colonies françaises : l'exemple de la ligne de chemin de fer Congo-Océan

Entre 1921 et 1934, date d'ouverture de la ligne de chemin de fer reliant Brazzaville au Congo au port de Pointe-Noire, des dizaines de milliers de travailleurs forcés, en très grande majorité issus du continent africain, sont utilisés pour la construction de cette ligne longue de 511 km par l'administration de l'AEF (Afrique équatoriale française) et des compagnies françaises privées. La France possède alors le deuxième plus grand empire colonial du monde après le Royaume-Uni. Depuis 1848 et l'abolition de l'esclavage, la France a recours, comme d'autres pays colonisateurs, au **travail forcé** (travail obligatoire, normalement temporaire et faiblement rémunéré) avec l'appui de chefs locaux.

Ressource EMI

L'image dans la presse

foucherconnect.fr/25hgc012

Doc. 1 Dernière page du *Petit journal illustré* (6 juillet 1924)

ABONNEMENTS
Trois mois Six mois Un an
FRANCE & COLONIES
4 fr. 7 fr. 50 14 fr
UNION POSTALE
6 fr. 12 fr. 22 fr.

Le Petit Journal
illustré

PARAISSANT LE DIMANCHE
35e Année - N° 1750
On s'abonne dans tous les bureaux de poste
Les Manuscrits ne sont pas rendus

Sous le soleil équatorial

Notre effort de pénétration par le chemin de fer se poursuit à travers l'Afrique. C'est ainsi que la ligne de Brazzaville à la mer va intensifier l'exploitation du Congo. Mais combien d'obstacles — nature du terrain, climat humide et chaud, difficultés de main-d'œuvre — les ingénieurs ne rencontrent-ils pas pour mener à bien cette œuvre civilisatrice !

« Notre effort de pénétration par le chemin de fer se poursuit à travers l'Afrique. C'est ainsi que la ligne de Brazzaville à la mer va intensifier l'exploitation du Congo. Mais combien d'obstacles – nature du terrain, climat humide et chaud, difficultés de main-d'œuvre – les ingénieurs ne rencontrent-ils pas pour mener à bien cette œuvre civilisatrice ! »

1 Je comprends un message

1 Doc. 1 Quelles sont les deux catégories de travailleurs présentées dans cette illustration ?

....

....

2 Doc. 1 La légende de l'illustration semble indiquer qu'une seule catégorie de travailleurs éprouve des difficultés dans son travail. Laquelle ?

....

2 J'analyse des documents

3 Doc. 1 Le travail est-il aidé par des machines comme en France métropolitaine à la même époque ?

....

....

Doc. 2 Rapport d'un inspecteur général de la santé en 1928

« Le détachement 51 avait été recruté dans la région de Makoua, Fort-Rousset et Ewo, avec 214 hommes ; 199 sont arrivés à Brazzaville par voie de terre le 25 novembre 1927 ayant eu 8 décédés en cours de route, un déserteur, 6 traînards qui ont rejoint ultérieurement. À Brazzaville, 74 sont décédés, 5 ont été hospitalisés, 13 ont déserté et 41 inaptes ont été rapatriés ; 66 sont partis pour le Congo-Océan le 22 décembre, 7 sont décédés sur la ligne d'étape ou peu après leur arrivée. »

« Notes sur la construction du chemin de fer Congo-Océan (1921-1934) », *Cahiers d'études africaines*, École pratique des hautes études, Sorbonne, 1967.

Doc. 3 Discours de Félix Houphouët-Boigny

Député de Côte-d'Ivoire, Félix Houphouët-Boigny prononça ce discours le 5 avril 1946 devant l'Assemblée nationale constituante à Paris.

« Le défenseur que je suis de ceux qui gémissent par milliers sur les routes, devant des gardes porteurs de chicotes*, sur les plantations ou dans les coupes de bois, arrachés à leur foyer, à leur propriété, regrette de ne pouvoir trouver les mots justes pour dépeindre comme il convient la souffrance, la grande souffrance de cette multitude qui attend, depuis des années, l'abolition de cet esclavage déguisé qu'est le travail forcé. »

*Fouet à lanière tressée.

4 Doc. 1 et 2 Que peut-on dire des conditions d'acheminement et de travail des ouvriers sur le chantier de la ligne Congo-Océan ?

....

....

....

5 Doc. 3 D'après le député, dans quels autres secteurs de production le travail forcé était-il utilisé ?

....

6 Doc. 1, 2 et 3 Pourquoi Félix Houphouët-Boigny parle-t-il d'un esclavage déguisé pour évoquer le travail forcé ? Expliquez pourquoi cette vision s'oppose à l'œuvre civilisatrice évoquée dans la légende du document 1.

....

....

....

Chronologie de l'esclavage et du travail forcé

1685	1794	1802	1848	1853	1946
Code noir	1re abolition de l'esclavage	Rétablissement de l'esclavage par Napoléon	2de abolition de l'esclavage	Établissement du travail forcé dans les colonies	Abolition du travail forcé

Doc. 4 Témoignage d'un écrivain français traversant l'Afrique équatoriale française

Le 25 décembre 1926,

Le chemin de fer Brazzaville-Océan est un effroyable consommateur de vies humaines. Voici Fort-Archambault tenu d'envoyer de nouveau mille Saras*. Cette circonscription, l'une des plus vastes et des mieux peuplées de l'Afrique équatoriale française, est particulièrement mise à contribution pour la main-d'œuvre indigène. Les premiers contingents envoyés par elle ont eu beaucoup à souffrir, tant durant le trajet, à cause du mauvais aménagement des bateaux qui les transportaient, que sur les chantiers mêmes, où les difficultés de logement et surtout de ravitaillement ne semblent pas avoir été préalablement étudiées de manière satisfaisante. La mortalité a dépassé les prévisions les plus pessimistes. À combien de décès nouveaux la colonie devra-t-elle son bien-être futur ? De toutes les obligations qui incombent à l'administrateur, celle du recrutement des « engagés volontaires » est assurément la plus pénible.

Mais c'est ici que se manifeste la confiance que Marcel de Coppet** a su inspirer à ce peuple noir, qui se sent aimé par lui. L'annonce des fêtes du 1er janvier avait provoqué une grande affluence. [...]

Marcel de Coppet, conscient du regret de ces [certaines] recrues de ne pouvoir se mêler à la fête, leva, pour deux jours, toutes les consignes, et permit à ces hommes de circuler librement : « J'ai confiance en vous, leur dit-il, et compte que, le troisième jour, vous vous présenterez tous à l'appel. »

Malgré le mauvais renom que le grand nombre de décès a valu aux travaux de la voie ferrée (car les indigènes de Fort-Archambault n'ignorent rien du triste sort de leurs « frères »), il n'y eut pas une seule désertion.

Voici qui est admirable sans doute. Mais que va-t-il advenir de ces malheureux ? Les précautions pour assurer leur subsistance ont-elles vraiment été mieux prises ? Ou sinon, cet abus de leur confiance est moralement inadmissible. Et sans doute Coppet le pense également. Mais que peut un administrateur ? Il doit obéir à son chef. Il l'avertit pourtant : « Ce recrutement encore a été possible... Je ne réponds plus du suivant. »

*Les Saras : population vivant dans le sud de l'actuel Tchad.
**Jules Marcel de Coppet : gouverneur du Tchad de 1926 à 1928.

André Gide, *Voyage au Congo*, Éditions Gallimard, 1927.

8 Doc. 4 Soulignez trois termes ou expressions qui montrent que l'auteur est sensible au sort des travailleurs forcés africains.

9 Doc. 4 Même s'il se préoccupe du sort réservé aux travailleurs forcés, André Gide remet-il en cause le système colonial français ?

....

....

....

....

 # vidéo
L'inauguration de la ligne Congo-Océan vue par *Les Actualités françaises* de 1934 - 0,54 min
foucherconnect.fr/25hgc008

10 Doc. 1 En conclusion, que nous apprend cette illustration sur les rapports que pouvait entretenir la France avec ses colonies durant l'entre-deux-guerres ?

....

....

....

....

....

Hommes et femmes au travail en métropole et dans les colonies françaises
(XIXe siècle – première moitié du XXe siècle)

Travailler au XIXe et dans la première moitié du XXe siècle

• **Au début du XIXe, la France est un pays très majoritairement rural** dominé par l'**agriculture** et l'**artisanat**. Tout au long du XIXe cependant, une autre activité économique prend une place de plus en plus importante en France : l'industrie.

• **Peu à peu, l'économie se modernise sous l'influence du secteur industriel.** Les machines apparaissent dans les campagnes, les engrais également ; dans les usines, le travail à la chaîne permet de meilleurs rendements. L'artisanat lui aussi se transforme, certains métiers disparaissent. On parle alors d'**industrialisation** de la France.

• **Dans les colonies, si l'esclavage est définitivement aboli en 1848,** le travail forcé s'y substitue rapidement et ce, jusqu'à son abrogation en 1946. Les colonisés sont employés dans des **plantations**, de grandes exploitations forestières ou bien à la construction de grandes infrastructures.

La conquête de droits sociaux

• **Avec la place plus importante prise par l'industrie, naît un groupe social nouveau : les ouvriers.** Celui-ci prend peu à peu conscience de sa force et se révolte contre ses conditions de vie et de travail.

• **Cette puissance collective pousse les acteurs politiques** à s'intéresser à la **question sociale** et à légiférer : droit de grève reconnu en 1864, droit pour les salariés du secteur privé à se constituer en **syndicat** (1884), indemnisation des accidents du travail (1898), droit d'association (1901), assurances sociales (1928).

• **En 1936, le Front populaire est le premier gouvernement républicain à épouser aussi largement des revendications ouvrières.**

Une société qui se transforme

• **La transformation de l'économie induit une transformation sociale.** Ainsi, de plus en plus d'hommes et de femmes quittent les campagnes pour aller travailler en ville, dans les usines, comme domestiques, comme ouvrières à domicile, et quitter un monde paysan qui apparaît en retard : c'est l'**exode rural**. Autre phénomène majeur, la **féminisation des emplois** marque certains secteurs économiques : l'industrie dans une certaine mesure, mais surtout le secteur des services.

• **Enfin, la question de l'éducation et du travail des enfants traverse tout le XIXe siècle.** À la fin du siècle, Jules Ferry institue l'école publique laïque (1881) et obligatoire, officiellement jusqu'à 13 ans (1882). La question de la formation professionnelle fait l'objet de lois propres : création des premières écoles nationales professionnelles (1881) et loi Astier sur l'enseignement technique (1919).

Mémo> AUDIO
foucherconnect.fr / 25hgc009

Mots-clés

- **Exode rural** : expression qui désigne le transfert durable de populations vivant en zones rurales vers des zones urbaines.
- **Industrialisation** : transformation de la société grâce à l'influence d'un nouveau secteur économique : l'industrie.
- **Question sociale** : ensemble de réflexions menées pour améliorer les conditions d'existence d'une population.

Des acteurs collectifs

• Les ouvriers et employés constituent des **organisations syndicales**, autorisées depuis 1884 dans le secteur privé, pour améliorer leurs conditions de travail, grâce notamment à la grève.

• Par exemple, les sardinières de Douarnenez (*cf.* 1) en Bretagne, ouvrières dans des conserveries de sardines, se mettent en **grève** durant 46 jours (entre novembre 1924 et janvier 1925) pour de meilleures rémunérations.

1. 1924, grève victorieuse des ouvrières bretonnes.

2. 1878, tableau de Jules Arsène Garnier, *Le Libérateur du territoire.*

• Le **Parlement** (*cf.* 2), constitué du **Sénat** et de la **Chambre des députés** (aujourd'hui appelée Assemblée nationale), discute et vote les lois qui ont des conséquences directes sur le quotidien des Françaises et des Français.

• Par exemple, en **1898**, le Parlement vote la loi sur **l'indemnisation des accidents du travail** qui permet aux travailleurs de percevoir une indemnisation en cas d'arrêt forcé.

Des acteurs individuels

Jules Ferry (1832-1893)

• Homme politique ayant lutté pour enraciner le régime républicain, il participa activement, dans **les années 1880**, à la **construction d'un système éducatif pour tous**, permettant aux enfants d'échapper au travail dans les usines ou dans les champs et d'espérer, pour les meilleurs élèves, accéder à des emplois mieux rémunérés que ceux de leurs parents.

Marie Curie (1867-1934)

• Née Maria Sklodowska en Pologne, Marie Curie vient en France terminer ses études. Elle obtient **deux prix Nobel**, la plus haute distinction mondiale pour les scientifiques : **en 1903** (avec son mari Pierre Curie et Henri Becquerel) **et 1911** pour ses travaux de physique et de chimie. Surtout, elle montre à la société française combien les **femmes peuvent être les égales des hommes**.

JE MOBILISE MES CONNAISSANCES

Reliez chaque notion ou mot-clé à sa définition.

Usine ●	● Bâtiment qui abrite les moyens de production industrielle
Artisanat ●	● Groupement de personnes ayant pour objet la défense d'intérêts communs
Syndicat ●	● Secteur d'activité économique où l'essentiel de la production est réalisé dans un atelier avec une main-d'œuvre peu nombreuse

Mémoriser – reformuler : *Testez vos camarades !*

Rédigez, à partir de votre cours et de vos connaissances sur le thème, une ou deux questions sur les repères et/ou notions du thème d'histoire en proposant quatre réponses possibles.
Exemple : ***En quelle année le droit de grève est-il reconnu en France ?***

❑ **1844** ❑ **1864** ❑ **1882** ❑ **1936**

Complétez le schéma en vous aidant des informations contenues dans le thème.

Travailler en France au XIXe et dans la première moitié du XXe siècle

Des activités économiques traditionnelles

- .... occupe la majorité de la population qui vit alors principalement dans **les campagnes.**
- .... est une activité que l'on trouve dans les campagnes comme dans **les villes.**

Des activités économiques en forte croissance

- .... est une activité économique émergente et puissante, qui fait naître un nouveau groupe social : **les ouvriers.**
- .... se développe principalement dans les villes et attire majoritairement **une population féminine.**

Une société française qui se transforme

Une transformation ....

Alors que depuis le début de son histoire, la France est un pays largement rural, elle devient de plus en plus urbaine sous l'effet de

....

C'est dans les années 1920 que les Françaises et les Français deviennent majoritairement urbains. Parallèlement, les femmes sont de plus en plus nombreuses à accéder aux emplois salariés.

Une transformation ....

Ce que l'on nomme l'**industrialisation** de la société française, c'est en particulier l'influence majeure qu'exerce l'industrie sur le travail en général :

....

....

....

....

....

....

De nouveaux droits sociaux sont acquis grâce aux luttes du monde ouvrier, par exemple le droit pour les salariés du secteur privé de se syndiquer en .... La puissance politique encadre davantage l'éducation des enfants, notamment à partir de 1881, sous l'impulsion de ....

Lien avec l'objet d'étude
Créer, fabriquer : l'invention et l'imaginaire

Plongée dans l'histoire d'un métier

Doc. 1 La naissance de la pêche Melba d'après son créateur, Auguste Escoffier

L'histoire de la pêche Melba d'Auguste Escoffier

Madame Nellie Melba, grande cantatrice de nationalité australienne, chantait à Covent Garden à Londres avec Jean de Reszke en 1894. Elle habitait le Savoy Hotel près de Covent Garden, époque où je dirigeais les cuisines de cet important établissement. Un soir où l'on donnait *Lohengrin*, Madame Melba m'offrit deux fauteuils d'orchestre. On sait que, dans cet opéra, il apparaît un cygne. Madame Melba donnait le lendemain soir un petit souper à quelques intimes dont monseigneur le duc d'Orléans était parmi les convives. Et pour lui montrer que j'avais agréablement profité des fauteuils qu'elle m'a gracieusement offerts, je fis tailler dans un bloc de glace un superbe cygne et, entre les deux ailes, [je mis] une timbale en argent. Je couvris le fond de la timbale de glace à la vanille et, sur ce lit de fine glace, je disposai des pêches à chair blanche et tendre [...] pochées pendant quelques minutes dans un sirop à la vanille et refroidies. Une purée de framboises fraîches couvrait complètement les pêches. Un léger voile en sucre filé [recouvrait] les pêches. [...]

Catherine Lasserre, *Académie du goût*, 4 septembre 2014.

Doc. 2 La pêche Melba revisitée par le chef Alain Ducasse

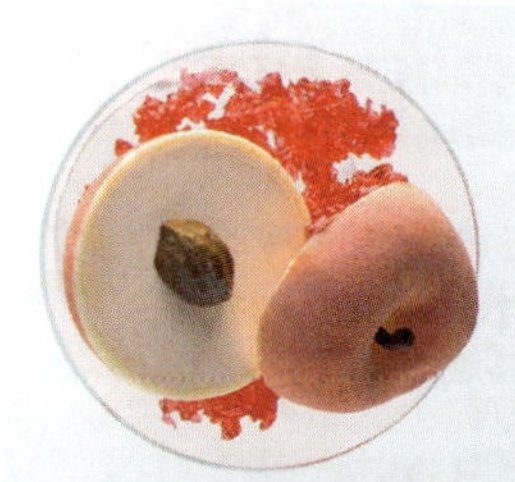

Ici la pêche est représentée par deux demi-sphères de sorbet déposées sur un lit de groseilles.

Doc. 3 La jeunesse d'Auguste Escoffier

Auguste Escoffier est né le 28 octobre 1846 à Villeneuve-Loubet dans la maison familiale, au pied du château du marquis de Panisse-Passis qui régnait sur le village.

Son grand-père, Augustin, après avoir fait son tour de France comme compagnon forgeron, fut ensuite blessé à la fin du Premier Empire (il était grenadier de la Garde), avant de revenir à Villeneuve-Loubet et de s'y installer comme maréchal-ferrant. Il se maria et eut cinq garçons et une fille.

Son père s'appelait Jean-Baptiste ; sa mère Madeleine, née Civatte.

Jean-Baptiste devint forgeron.

Dans ses Souvenirs inédits, Auguste Escoffier estime qu'il n'avait pas « *le culte sacré de la cuisine* » : il rêvait de devenir sculpteur. Il satisfera en partie ce rêve en sculptant plus tard des fleurs en cire, objet de son premier ouvrage publié en 1885.

Mais, ajoute-t-il, « *je n'y étais pas pour autant indifférent* ». Il observait sa grand-mère, « *véritable cordon-bleu* » qui régalait la famille et dont il conserva les recettes, les utilisant ensuite tout au long de sa carrière.

Escoffier situe ses premiers essais de cuisine en 1856, quand il avait 10 ans. En se préparant en douce du café (rare à l'époque). Lorsqu'il raconta son expérience, il se fit gronder mais sa grand-mère lui dit tout bas, en l'embrassant : « *Tu feras un bon cuisinier.* »

Il allait aussi garder la maison de son grand-père, y entretenait le feu et se faisait griller des tranches de pain qu'il recouvrait, chaudes, d'un fromage fort appelé brousse. Il les savourait « *religieusement* » dit-il, avec un demi-verre de vin sucré.

Il a alors 13 ans, il vient de faire sa première communion. En octobre 1859, contraint et forcé (« *On me dit que je devais être cuisinier... Il ne me restait plus qu'à obéir* »), il entre comme apprenti chez son oncle François, le cuisinier qui, trois ans avant, avait fondé à Nice le « Restaurant Français », situé d'abord rue Paradis, puis 7 quai Masséna. Il galère mais, très vite, il prend conscience de l'importance de la cuisine et se jure de travailler et de sortir de l'ornière domestique dans laquelle étaient alors les cuisiniers. Son but : devenir chef de cuisine.

Au bout de six mois de cet apprentissage, il réfléchit à la composition des menus, cherche des mots évocateurs pour formuler les plats. [...]

Au cours de ces trois années d'apprentissage, où son oncle ne lui épargne rien, il est aussi initié à toutes les tâches d'un restaurant : choix et achat des produits, service, etc. Infatigable, il profite de ses rares temps libres pour aider un voisin, grand confiseur et pâtissier. Il apprend aussi le confisage des fruits.

disciples-escoffier.com

1 Imaginez les réponses à l'interview suivante en vous appuyant sur les trois documents.

L'interview posthume d'Auguste Escoffier

> Bonjour M. Escoffier, avez-vous toujours rêvé de devenir chef cuisinier ?

....

....

....

....

....

> Comment avez-vous appris le métier ?

....

....

....

....

....

....

> Vous avez inventé un dessert qui s'appelle la pêche Melba. Pouvez-vous nous raconter comment vous est venue l'idée de ce dessert ?

....

....

....

....

....

....

....

> Savez-vous si vous avez inspiré d'autres grands chefs cuisiniers ?

....

....

....

Histoire de votre secteur professionnel

2 Choisissez une des deux activités ci-dessous pour traiter de l'histoire du secteur professionnel dans lequel vous effectuez votre formation. Ces activités peuvent être réalisées individuellement ou en groupe.

Interview d'un acteur de votre secteur professionnel	Histoire de votre secteur professionnel
Vous pouvez vous inspirer des trois premières questions en remplaçant la troisième par une question sur une anecdote ou un moment fort de la vie professionnelle de cet acteur.	À partir de recherches documentaires et de témoignages de professionnels, racontez l'histoire de votre secteur professionnel en insistant notamment sur quelques grandes transformations du métier.

J'ÉVALUE MES COMPÉTENCES...

Histoire THÈME 1

Hommes et femmes au travail en métropole et dans les colonies françaises (XIXe siècle-1re moitié du XXe siècle)

> À l'issue de l'étude du thème, je révise et je m'entraîne sur des capacités du programme.

CAPACITÉS MOBILISÉES

- Connaître les principales notions, les acteurs et les repères.
- Situer un document dans son contexte pour l'expliquer.
- Identifier et nommer les périodes historiques, les continuités et ruptures chronologiques.
- Questionner un document pour conduire une analyse historique.

Je mobilise les connaissances du thème

• Je construis une carte mentale autour de la notion d'industrialisation en employant *a minima* les termes suivants : *mécanisation, automobile, charbon, exode rural.* Vous pouvez utiliser des flèches ou des encadrés indiquant les causes et les conséquences.

Industrialisation

J'analyse un document et je le replace dans le contexte du thème

Doc. Calendrier mural (1928)

1 Présentez et décrivez précisément le document.

....

....

....

....

....

....

2 Quelle transformation du travail ce document présente-t-il ?

....

....

3 Quels arguments commerciaux sont présentés dans ce calendrier publicitaire ?

....

....

....

....

....

....

....

....

4 Quel lien pouvez-vous faire entre le secteur agricole et le secteur industriel présentés dans ce calendrier ?

....

....

....

....

....

5 Replacez ce document dans le contexte de l'industrialisation de la société française. Vous pouvez vous aider de la carte mentale complétée précédemment.

....

....

....

....

....

....

....

....

....

....

THÈME
2
Histoire

Guerres européennes, guerres mondiales, guerres totales (1914-1945)

Pendant la première moitié du XXe siècle, l'Europe et le monde ont connu un enchevêtrement de conflits : guerres entre États, affrontements violents, guerres de libération nationale, génocides... faisant de cette période un moment de violence extrême.
Comment les sociétés ont-elles traversé cette « ère des catastrophes » ?

Je DÉCOUVRE

Joe Rosenthal, *lever de drapeau sur Iwo Jima*, île japonaise, 23 février 1945.

Expliquez l'événement dont témoigne cette photographie.

....

....

....

Précisez le moment historique qui se clôt à cette date.

....

....

....

Je me REPÈRE

Complétez la frise chronologique ci-dessous.

1914-1918

1939-1945

22 août 1914 — La bataille de Rossignol, jour le plus meurtrier de l'histoire de France

28 juin 1919 — Traité de Versailles

30 septembre 1938 — Accords de Munich

2 mai 1945 — Le drapeau rouge sur le Reichstag, à Berlin.

26 juin 1945 — Création de l'ONU

Je COMPRENDS

1914-1945 : l'ère des catastrophes

« Les lampes s'éteignent sur l'Europe entière. Nous ne les reverrons pas se rallumer de notre vivant », déclare Edward Grey, ministre des Affaires étrangères de la Grande-Bretagne de 1905 à 1916, les yeux fixés sur Whitehall, alors que son pays et l'Allemagne viennent d'entrer en guerre. [...].

Ce ne fut pas la fin de l'humanité, bien qu'il y eût des moments, au cours des trente-et-une années de conflit mondial qui séparent la déclaration de guerre de l'Autriche-Hongrie à la Serbie (le 28 juillet 1914) de la reddition sans condition du Japon (le 14 août 1945, huit jours après l'explosion de la première bombe nucléaire), où la fin d'une proportion considérable de l'espèce humaine ne parut pas très éloignée. [...].

L'espèce humaine a survécu, mais le grand édifice de la civilisation du XIXe siècle s'est écroulé dans les flammes de la guerre mondiale lorsque ses piliers se sont effondrés. On ne saurait comprendre le court XXe siècle sans cela. Ce fut un siècle marqué par la guerre, qui a vécu et pensé en termes de guerre mondiale, même lorsque les armes se taisaient et que les bombes n'explosaient pas. Son histoire et, plus précisément, l'histoire de sa naissance, dans l'effondrement et la catastrophe, inaugurent celle de trente-et-un ans de guerre mondiale.

Éric Hobsbawm, *L'Ère des extrêmes, Histoire du court XXe siècle (1914-1991)*, Édition française, Agone, 2020.

1 Soulignez dans le texte les expressions qui montrent la gravité de la situation qui débute en 1914.

2 Expliquez comment l'historien Eric Hobsbawm envisage la période allant de 1914 à 1945.

....

....

....

3 Dites comment l'historien propose d'appeler cette période.

....

....

....

ÉTUDE 1

Des sociétés en guerre

CAPACITÉ

- **Identifier et nommer** les dates et acteurs des grands événements.
- **Analyser** une photographie.

Les guerres mondiales mobilisent toutes les ressources disponibles : humaines, économiques et politiques. Pourquoi peut-on dire qu'il s'agit de guerres totales engageant toute la société ?

1 Civils et militaires pendant la Grande Guerre

Doc. 1 La mobilisation

Louis Barthas, originaire d'un village de l'Aude, a fait toute la guerre comme caporal. Au front, il note tout ce qu'il voit et rédige à son retour son journal de guerre. Le journal commence le 2 août 1914.

« L'annonce de la mobilisation générale, à ma grande stupeur, souleva plus d'enthousiasme que de désolation : des gens inconscients semblaient fiers de vivre un temps où quelque chose de grand, de formidable allait se passer ; les moins emballés ne doutaient pas un instant d'une prompte et décisive victoire. [...] Le 4 août, troisième jour de la mobilisation, la moitié environ des hommes mobilisés du village s'embarqua à la gare, accompagnée par la presque totalité de la population. Tout le monde montra un vrai ou un faux courage et il n'y eut que deux femmes aux nerfs fragiles qui s'évanouirent en voyant partir leur fils ou leur époux. [...] Je partis pour Narbonne rejoindre le dépôt du 125e régiment territorial. [...] Une cohue de soldats emplissait Narbonne habillés moitié en civil, moitié en militaire, on ne savait plus où caser tout ce peuple accourant avec une exactitude qui déconcertait les autorités militaires elles-mêmes, s'attendant à compter les réfractaires, les déserteurs par centaines. Mais docilement tous s'empressaient de venir enchaîner leur liberté, se courber sous le joug militariste. »

Les carnets de guerre de Louis Barthas, tonnelier, 1914-1918, © Librairie François Maspéro, Éditions de la Découverte, 1978, 2013.

Doc. 2 Les combattants dans les tranchées

Soldats britanniques de la division d'infanterie *Highland Territorials* dans une tranchée, La Gorgue, France, août 1915.

1 Doc. 1 **Soulignez le nom de ce moment de la guerre que décrit Louis Barthas.**

2 Doc. 1 **Déterminez l'état d'esprit de la population d'après lui.**

....

....

3 Doc. 1 **Expliquez la phrase soulignée et dites ce qu'elle révèle de la pensée de l'auteur.**

....

....

4 Doc. 2 **Décrivez la photo et expliquez pourquoi elle est emblématique de la Première Guerre mondiale.**

....

....

....

Doc. 3 Des adolescents au combat

Les adolescents parfois s'engagent volontairement dans les armées.

Revue des troupes anglaises près de Zillebeke (Belgique) par le roi George V, juillet 1917.

Doc. 4 Les femmes à l'usine

La journaliste Marcelle Capy, féministe et libertaire, travaille quelques semaines incognito dans une usine de guerre. Elle témoigne :

« L'ouvrière, toujours debout, saisit l'obus, le porte sur l'appareil dont elle soulève la partie supérieure. L'engin en place, elle abaisse cette partie, vérifie les dimensions (c'est le but de l'opération), relève la cloche, prend l'obus et le dépose à gauche. Chaque obus pèse sept kilos. En temps de production normale, 2 500 obus passent en 11 heures entre ses mains. Comme elle doit soulever deux fois chaque engin, elle soupèse en un jour 35 000 kg. Au bout de 3/4 d'heure, je me suis avouée vaincue. J'ai vu ma compagne toute frêle, toute jeune, toute gentille dans son grand tablier noir, poursuivre sa besogne. Elle est à la cloche depuis un an. 900 000 obus sont passés entre ses doigts. Elle a donc soulevé un fardeau de 7 millions de kilos. Arrivée fraîche et forte à l'usine, elle a perdu ses belles couleurs et n'est plus qu'une mince fillette épuisée. Je la regarde avec stupeur et ces mots résonnent dans ma tête : 35 000 kg. »

Marcelle Capy, « La femme à l'usine », *La Voix des femmes*, 17 décembre 1917.

Doc. 5 Une demande d'incorporation

Cher Monsieur, quand vous lirez ces lignes, vous penserez que je suis stupide ou quelque chose d'approchant, mais je suis très sérieux. Mon meilleur ami a été tué près des tranchées au front, mon frère a été déclaré médicalement inapte par le West Kentish et mon père fabrique des obus à l'Arsenal. D'abord je veux et je sais que je *dois* venger mon ami, deuxièmement, je *dois* laver l'honneur de mon frère en prenant sa place, et troisièmement je *dois* continuer l'œuvre commencée par mon père. J'ai 12 ans et 3 mois, je mesure exactement 1,60 m [5 pieds et 3 pouces] et 84 cm [33 pouces] de tour de poitrine. Pourriez-vous s'il vous plaît faire votre possible pour m'obtenir une place de tambour ou de clairon dans n'importe quel régiment où il en faut, car je peux vous assurer que je ferai tout mon possible pour mon Dieu, mon roi et ma patrie.

Lettre du jeune Anglais H. J. Palmer à un officier de recrutement, 26 juin 1915, Imperial War Museum, cote 91/5/1.

5 Doc. 3 et 5 **Décrivez la photo et identifiez les motivations qui expliquent la demande de H. J. Palmer.**

....

....

....

....

6 Doc. 4 **Expliquez le contexte historique du travail décrit par la journaliste Marcelle Capy.**

....

....

....

7 Doc. 1 à 5 **Expliquez pourquoi on peut dire que la guerre touche toute la société.**

....

....

....

....

2 Vivre et s'engager pendant la Seconde Guerre mondiale

Doc. 1 La France libre

#audio
Charles de Gaulle – Extrait du discours du 29 août 1940 à Londres
- 2,06 min
foucherconnect.fr/25hgc020

Par son appel du 18 juin 1940 prononcé à Londres, le général de Gaulle fonde la France libre, une organisation de résistance extérieure. Il assoit sa légitimité politique et militaire sur les colonies d'Afrique centrale. Brazzaville devient de 1940 à 1943 la capitale de la France libre.

« Hier, 28 août, à Brazzaville, capitale de l'Afrique équatoriale française, mon représentant, acclamé par toute la population et obéi par toutes les troupes, a pris en main les pouvoirs civils et militaires.

Ainsi, menacé par les convoitises de l'ennemi allemand et italien, et placé par l'abominable armistice dans une situation économique sans issue, tout l'ensemble des colonies de notre Afrique équatoriale est rentré dans la guerre. Cette vaste et vaillante partie des terres françaises a décidé de se défendre et sera défendue. Sans aucun doute d'autres parties vont prendre le même chemin. L'Empire français se lève pour faire la guerre.

Dans cette guerre mondiale et totale, dans cette guerre où tout compte, l'Empire français est un faisceau de forces capital. Par la situation géographique et stratégique, par la nombreuse population, par les vastes ressources de ses colonies, il reste à la France de très importants atouts dans cette lutte où se joue son destin. [...] Nous ne périrons pas, nous sortirons de là, nous gagnerons la guerre. France, France nouvelle, grande France, en avant ! »

Extrait du discours radiophonique de Charles de Gaulle, Londres, 29 août 1940.

Doc. 2 L'engagement dans la collaboration

Le SOL (service d'ordre légionnaire) prône la collaboration avec l'occupant.

Affiche de la Légion française des combattants et des volontaires de la révolution nationale, 80 × 60 cm, imprimée à Nice, 1942.

1 Doc. 1 Rappelez la situation de la France à l'été 1940.

2 Doc. 1 Expliquez la position du général de Gaulle et le rôle qu'il veut faire jouer aux colonies françaises d'Afrique.

3 Doc. 2 Présentez l'auteur, la nature et la visée du document.

4 Doc. 1 et 2 Ces deux documents témoignent d'engagements de Français dans la guerre. Comparez-les et montrez qu'ils sont opposés.

Ressource EMI

La presse clandestine en temps de guerre

foucherconnect.fr/25hgc013

Doc. 3 L'engagement dans la résistance

Dès 1940, des femmes et des hommes décident de s'engager dans la lutte contre la collaboration. Des réseaux de résistance s'organisent. Le réseau du musée de l'Homme, à Paris, publie à partir de fin 1940 un journal clandestin.

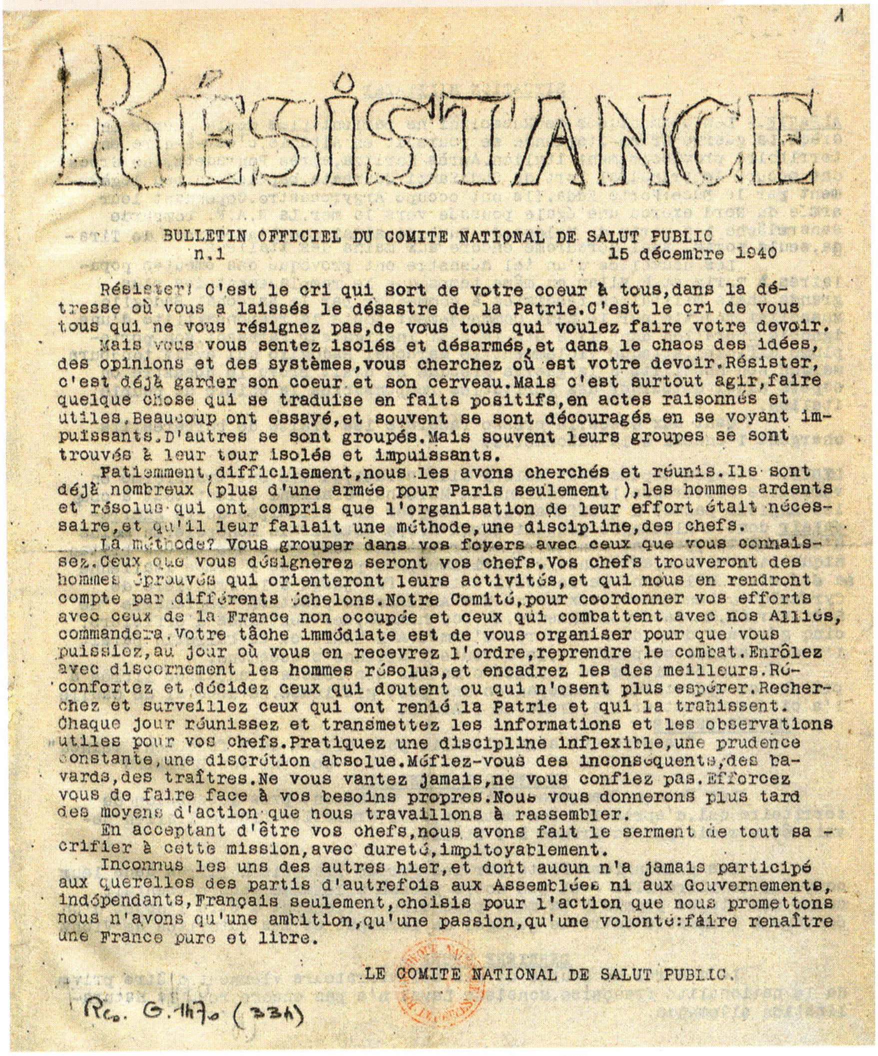

RÉSISTANCE

BULLETIN OFFICIEL DU COMITE NATIONAL DE SALUT PUBLIC
n.1 15 décembre 1940

Résister! C'est le cri qui sort de votre coeur à tous, dans la détresse où vous a laissés le désastre de la Patrie. C'est le cri de vous tous qui ne vous résignez pas, de vous tous qui voulez faire votre devoir.

Mais vous vous sentez isolés et désarmés, et dans le chaos des idées, des opinions et des systèmes, vous cherchez où est votre devoir. Résister, c'est déjà garder son coeur et son cerveau. Mais c'est surtout agir, faire quelque chose qui se traduise en faits positifs, en actes raisonnés et utiles. Beaucoup ont essayé, et souvent se sont découragés en se voyant impuissants. D'autres se sont groupés. Mais souvent leurs groupes se sont trouvés à leur tour isolés et impuissants.

Patiemment, difficilement, nous les avons cherchés et réunis. Ils sont déjà nombreux (plus d'une armée pour Paris seulement), les hommes ardents et résolus qui ont compris que l'organisation de leur effort était nécessaire, et qu'il leur fallait une méthode, une discipline, des chefs.

La méthode? Vous grouper dans vos foyers avec ceux que vous connaissez. Ceux que vous désignerez seront vos chefs. Vos chefs trouveront des hommes éprouvés qui orienteront leurs activités, et qui nous en rendront compte par différents échelons. Notre Comité, pour coordonner vos efforts avec ceux de la France non occupée et ceux qui combattent avec nos Alliés, commandera. Votre tâche immédiate est de vous organiser pour que vous puissiez, au jour où vous en recevrez l'ordre, reprendre le combat. Enrôlez avec discernement les hommes résolus, et encadrez les des meilleurs. Réconfortez et décidez ceux qui doutent ou qui n'osent plus espérer. Recherchez et surveillez ceux qui ont renié la Patrie et qui la trahissent. Chaque jour réunissez et transmettez les informations et les observations utiles pour vos chefs. Pratiquez une discipline inflexible, une prudence constante, une discrétion absolue. Méfiez-vous des inconséquents, des bavards, des traîtres. Ne vous vantez jamais, ne vous confiez pas. Efforcez vous de faire face à vos besoins propres. Nous vous donnerons plus tard des moyens d'action que nous travaillons à rassembler.

En acceptant d'être vos chefs, nous avons fait le serment de tout sacrifier à cette mission, avec dureté, impitoyablement.

Inconnus les uns des autres hier, et dont aucun n'a jamais participé aux querelles des partis d'autrefois aux Assemblées ni aux Gouvernements, indépendants, Français seulement, choisis pour l'action que nous promettons nous n'avons qu'une ambition, qu'une passion, qu'une volonté: faire renaître une France pure et libre.

LE COMITE NATIONAL DE SALUT PUBLIC.

Rés. G. 1470 (331)

Résistance, *Bulletin officiel du Comité national de salut public*, n° 1, 15 décembre 1940.

5 Doc. 3 Précisez la méthode d'organisation de la résistance qui est préconisée dans le document.

– Comment s'organiser ?

....

....

....

....

....

– Pourquoi ?

....

....

....

....

....

– À quoi faut-il faire attention ?

....

....

....

....

....

Je fais le point sur… Des sociétés en guerre

→ *Complétez la synthèse suivante.*

Des engagements variés qui concernent toute la société

Les guerres mondiales

Touchent → civils et militaires → qui s'engagent

- ....
- ....
- ....

- ....
- ....
- ....

ÉTUDE 2

Les violences de guerre

CAPACITÉS
- **Situer des événements** dans leur contexte pour les expliquer.
- **Confronter le savoir acquis** avec ce qui est lu, vu, entendu.

Plus que jamais, les guerres mondiales ont été d'une extrême violence, provoquant des dizaines de millions de morts et de considérables destructions. Comment la banalisation des pratiques de violence extrême marque-t-elle les conflits et les sociétés ?

1 La violence des combats

Doc. 1 Le bilan des pertes militaires de la Grande Guerre

La guerre de 1914-1918 a marqué les mémoires par l'ampleur des pertes. Le bilan de la Première Guerre mondiale est de 20 millions de morts et 21 millions de blessés (militaires et civils).

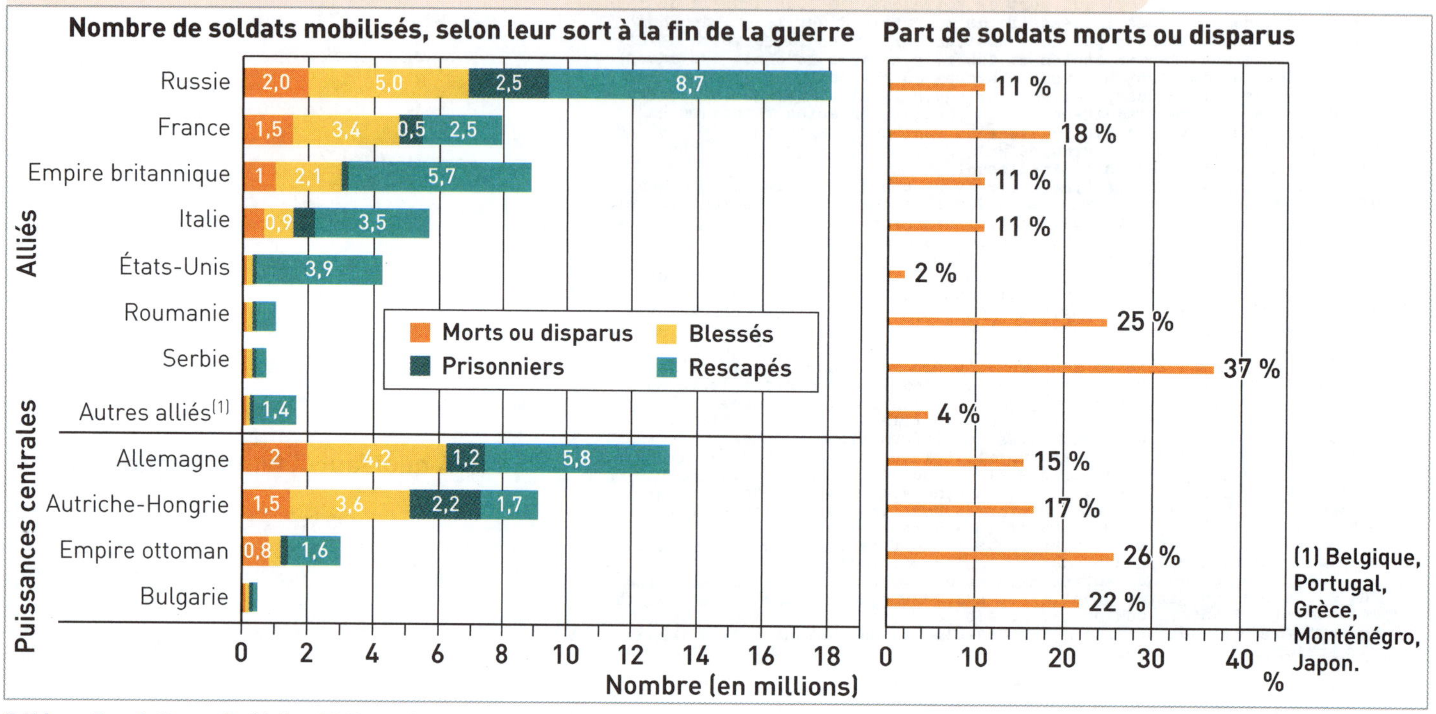

F. Héran, *Population et Sociétés*, n° 510, Ined, avril 2014.

Doc. 2 La ville de Dresde réduite en cendres (13-15 févier 1945)

La ville allemande de Dresde a été presque entièrement détruite par un bombardement anglais et américain.

1 Doc. 1 Analysez les données et précisez quels pays ont enregistré les plus lourdes pertes militaires.

Données	1	2	3
Nombre de soldats morts en millions	....	....	....
% de soldats morts	....	....	....

2 Doc. 2 Décrivez la photographie et expliquez les conséquences de ces bombardements.

....
....
....
....

Doc. 3 Les bombardements nucléaires au Japon (août 1945)

Les 6 et 9 août 1945, les villes d'Hiroshima et de Nagasaki sont détruites par des bombes nucléaires larguées par les forces américaines. 120 000 personnes périrent à Hiroshima, 70 000 à Nagasaki. Setsuko Thurlow avait 13 ans lorsque les États-Unis ont largué la première bombe atomique sur sa ville, Hiroshima, le 6 août 1945. Elle en témoigne le dimanche 10 décembre 2017 à l'occasion de la cérémonie de remise du prix Nobel de la paix à des militants antinucléaires.

« Je me souviens encore vivement de ce matin-là. À 8 h 15, j'ai vu de la fenêtre un éclair blanc-bleuté aveuglant. Je me rappelle avoir eu la sensation de flotter dans l'air.

J'ai repris conscience dans le silence et les ténèbres, je me suis retrouvée coincée par le bâtiment effondré. J'ai commencé à entendre les faibles cris de mes camarades de classe : "Mère, aide-moi. Dieu, aide-moi."

La plupart de mes camarades de classe sont morts brûlés vifs

Puis, soudain, j'ai senti des mains toucher mon épaule gauche et j'ai entendu un homme dire : "N'abandonne pas ! Continue à pousser ! J'essaie de te libérer. Tu vois la lumière à travers cette ouverture ? Rampe dans cette direction aussi vite que tu peux." Alors que je rampais, les ruines étaient en feu. La plupart de mes camarades de classe dans ce bâtiment sont morts brûlés vifs. J'ai vu une dévastation extrême, inimaginable tout autour de moi.

Des personnes atrocement blessées, elles saignaient, brûlées, noircies et gonflées. Des parties de leur corps manquaient. [...] Certains tenaient leurs globes oculaires dans leurs mains.

Avec une bombe, ma ville bien-aimée avait ainsi été effacée. La plupart de ses habitants étaient des civils qui avaient été calcinés, pulvérisés, carbonisés. Parmi eux, des membres de ma propre famille et 351 de mes camarades de classe. »

AFP, « Nobel de la paix : le témoignage bouleversant d'une survivante d'Hiroshima », 10 décembre 2017.

 # vidéo
1945, la bombe atomique, Hiroshima, Nagasaki - 2,33 min
foucherconnect.fr/25hgc021

Doc. 4 L'Amérique et la « nouvelle arme »

Aboutissement d'un long et chaotique processus, l'emploi de la nouvelle arme décidé à l'échelon politique suprême devait, surtout pour Truman, favoriser une victoire américaine décisive et renforcer la position des États-Unis face à l'URSS tout en justifiant les dépenses abyssales – près de deux milliards de l'époque – que le projet Manhattan avait entraînées. Sans doute satisfaisait-il aussi le puissant désir de revanche d'une population américaine alors en proie à un racisme exacerbé vis-à-vis de l'ennemi japonais.

Pierre Journoud, *1937-1947, La guerre-monde, tome 1*, sous la direction d'Alya Aglan et Robert Frank, Collection Folio histoire (n° 244), © Éditions Gallimard, 2015.

3 Doc. 3 et 4 **Expliquez l'événement relaté en le contextualisant.**

....

....

....

....

4 Doc. 2 et 3 **Dites qui sont les personnes touchées lors de ces bombardements.**

....

....

....

5 Doc. 1 à 4 **Rédigez un court texte présentant la violence des combats sur les militaires et les civils pendant les guerres mondiales.**

....

....

....

....

....

2 Massacres et pratiques génocidaires

Doc. 1 Victimes des crimes nazis

En représailles de l'assassinat de Reinhard Heydrich, protecteur du Reich en Bohême-Moravie, le village de Lidice, en Tchécoslovaquie, est rasé le 10 juin 1942. Les 300 habitants du village (dont 105 enfants) sont assassinés ou déportés. Les nazis ont fait connaître ce sort à plus de 600 villages en Biélorussie.

Marie Uchytilova, Monument du Mémorial aux enfants victimes de la guerre, Lidice, 1996.

1 Doc. 1 Racontez l'événement qu'a connu le village de Lidice.

....

....

....

....

....

2 Doc. 1 Expliquez, en la décrivant, comment cette œuvre d'art transmet la mémoire de cet événement.

....

....

....

....

....

....

....

Doc. 2 Le génocide des Arméniens (1915)

En 1915, les Arméniens et d'autres minorités (notamment chrétiennes) de l'Empire ottoman sont victimes d'un génocide qui fait 1,2 million de morts.

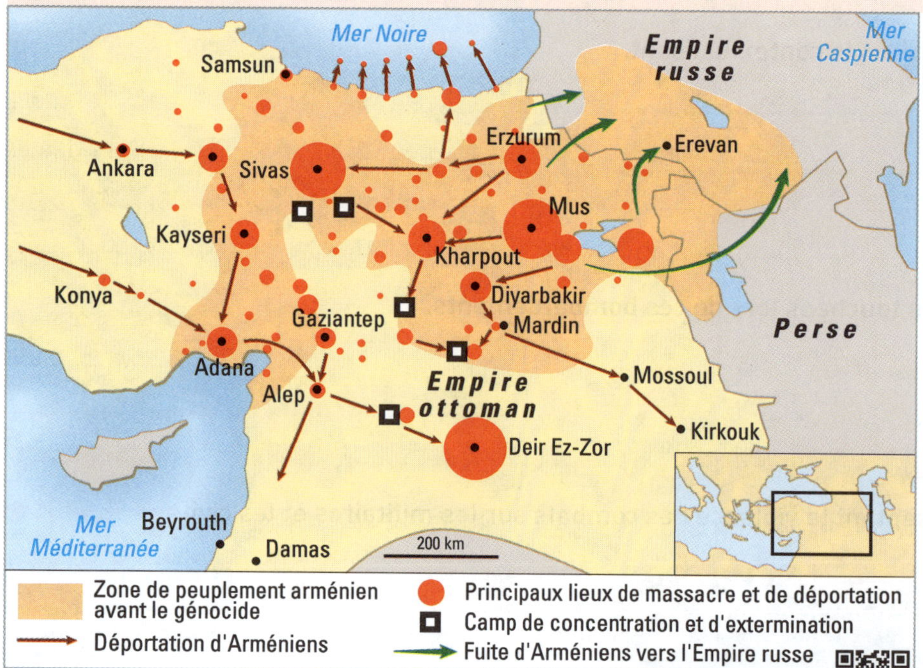

carte interactive
foucherconnect.fr/25hgc022

3 Doc. 2 Situez et contextualisez l'événement dont il est question.

....

....

....

....

....

....

....

4 Doc. 2 Dites qui est visé par ce génocide et comment se passe le massacre.

....

....

....

....

....

....

Doc. 3 Birkenau, symbole du génocide des Juifs d'Europe

1,3 million de personnes ont été déportées dans les camps d'Auschwitz, 960 000 Juifs et 20 000 Tsiganes y sont morts. Ginette Kolinka est âgée de 19 ans quand elle est déportée à Auschwitz-Birkenau en avril 1944 avec son père, son frère et son neveu.

Il y a plusieurs premiers jours avant Birkenau, vous savez. Il y a le premier jour d'arrestation. Le premier jour quand on est en prison. Le premier jour quand on arrive à Drancy. Le premier jour de voyage, dans le train, sans lumière vers l'Allemagne. Et le premier jour dans le camp. Moi, je n'avais pas peur, en arrivant. Je croyais que les juifs arrêtés allaient dans des camps de travail. [...] En descendant du train, il y avait un camion. On m'avait dit qu'il transportait les plus faibles, pour leur épargner le trajet de la « Judenrampe » jusqu'à l'entrée du camp, environ 1 kilomètre. Alors j'ai dit à mon père de 61 ans et à mon frère de 12 ans, Gilbert, de prendre le camion. Cela, je ne me le pardonnerai jamais. Les camions allaient en réalité directement dans les chambres à gaz. Je ne savais pas, moi,

j'ai commencé à marcher avec les autres. [...] À Birkenau, vous arrivez encore civilisé. Vous êtes encore un être humain. Mais ce qui est incroyable, c'est qu'en très, très, très peu de temps, vous ne devenez plus rien. On vous déshabille. On vous rase les cheveux. Le pubis. Vous imaginez ? On vous tatoue. Matricule 78599. En l'espace de quelques heures, vous n'êtes plus rien.

Interview de Ginette Kolinka, « Il ne faut pas retourner à Birkenau au printemps », Célia Héron, *Le Temps*, 1er juin 2019.

5 Doc. 3 Repérez dans le texte les différentes étapes racontées par Ginette Kolinka : soulignez en vert ce qui arrive en France, en rouge le voyage, en bleu ce qui arrive aux juifs à Birkenau.

6 Doc. 3 Dites, à partir de ce récit et de ce que vous savez, pourquoi on parle de génocide.

....

....

....

7 Doc. 1 à 3 Comparez les massacres des trois documents.

	Doc 1	Doc 2	Doc 3
Contexte historique	....	....	....
Populations visées	....	....	....
Raisons du massacre	....	....	....
Nature du massacre	....	....	....

Je fais le point sur... Les violences de guerre

→ ***Indiquez les principales caractéristiques de la violence des combats, des violences contre les civils et les principales populations concernées par les génocides.***

ÉTUDE 3

Les sorties de guerre

CAPACITÉS
- **Confronter** des points de vue sur les traités de paix des années 1920.
- **Questionner** des documents pour conduire une analyse historique.

Les guerres mondiales sont des guerres totales qui ont profondément marqué les sociétés et les États. Comment le retour à la paix permet-il de recomposer les sociétés ?

1 Finir la guerre

Doc. 1 Les principaux traités de paix de la Première Guerre mondiale

Les traités de paix de 1918-1923 permettent aux vainqueurs d'imposer aux vaincus des pertes de territoires, des dédommagements financiers et des contraintes militaires.

Date	Traité	Pays concernés	Décision
3 mars 1918	Brest-Litovsk	Empire allemand / République soviétique de Russie	Consacre la fin des combats sur le front Est.
28 juin 1919	Versailles	Allemagne / pays alliés	Prend des sanctions contre l'Allemagne et ses alliés.
10 septembre 1919	Saint-Germain-en-Laye	Autriche / pays alliés	Établit la paix et consacre la disparition de l'Empire austro-hongrois.
4 juin 1920	Trianon	Hongrie / pays alliés	Fixe les limites de la Hongrie qui perd des territoires.
10 août 1920	Sèvres	Turquie / pays alliés	Impose des reculs territoriaux à la Turquie.
18 mars 1921	Riga	République soviétique de Russie / Lettonie	La République soviétique de Russie renonce à occuper la Lettonie.
24 juillet 1923	Lausanne	Turquie / pays alliés	Remplace le traité de Sèvres après la victoire de la Turquie contre la Grèce.

1 Doc. 1 **Montrez que les traités de paix organisent difficilement la paix.**

....

....

Doc. 2 Le traité de Versailles

L'Allemagne signe l'armistice le 11 novembre 1918, mais la paix n'est conclue que le 28 juin 1919 à Versailles. Elle est désignée comme seule responsable de la guerre : elle doit verser des réparations financières, elle perd 13 % de son territoire et 8 millions d'habitants.

 # vidéo
Le traité de Versailles de 1919 - 3,10 min
foucherconnect.fr/25hgc023

2 Doc. 2 **Précisez à quel règlement de conflit le traité de 1919 est comparé.**

....

....

3 Doc. 2 **Décrivez l'image en précisant quels sentiments dominent.**

....

....

....

– Sentiments pour les Français :

....

....

– Sentiments pour les Allemands :

....

....

Doc. 3 Un déplacement de population en masse

En 1923, le traité de Lausanne a légitimé l'échange obligatoire de plus de 1,7 million de Grecs et de Turcs. Les négociateurs se sont entendus sur une solution drastique pour prévenir d'autres conflits : l'homogénéité culturelle à l'intérieur des frontières nationales.

 # vidéo Aux origines du conflit kurde en Turquie - 6,14 min
foucherconnect.fr/25hgc024

4 Doc. 3 Expliquez en quoi consistent les échanges de population.

....

....

....

....

....

5 Doc. 1 à 3 et vidéo Expliquez pourquoi on peut dire que les traités des années 1920 (Versailles, Sèvres, Lausanne) ont été une source de conflits et de mécontentements.

....

....

....

....

....

Ressource EDD
16. Paix, justice et institutions efficaces
ODD
foucherconnect.fr/25hgc025

Doc. 4 Le procès de Nuremberg (1945-1946)

Ce procès organisé par les vainqueurs de l'Allemagne nazie (Français, Américains, Anglais et Soviétiques), du 20 novembre 1945 au 1er octobre 1946, a permis de juger 24 nazis, accusés notamment de « crimes de guerre » et de « crimes contre l'humanité ».

Du 20 novembre 1945 au 1er octobre 1946, le Tribunal militaire international juge à Nuremberg 24 responsables nazis accusés de crimes contre la paix, de guerre et contre l'humanité. Ce procès est suivi par 400 journalistes.
❶ Banc des accusés (ex. : ⓐ Goering ; ⓑ Ribbentrop) ; ❷ Avocats ;
❸ Procureur ; ❹ Greffiers ; ❺ Les 4 juges internationaux et leurs assesseurs ;
❻ Caméras du réalisateur américain John Ford

 # vidéo L'ouverture du procès de Nuremberg - 2,48 min
foucherconnect.fr/25hgc026

6 Doc. 4 et p. 44-45 Déterminez la nature des crimes pour lesquels les dirigeants nazis ont été jugés à Nuremberg.

– Crimes de guerre : ....

....

....

– Crimes contre l'humanité : ....

....

....

7 Doc. 4 Pourquoi ce procès est-il un moment important pour le droit international ?

....

....

....

2 Préserver la paix

Doc. 1 Le rôle de la SDN

Une nouvelle organisation internationale est créée en 1919 : la Société des nations vise à établir une démocratie mondiale selon le principe « du droit des peuples à disposer d'eux-mêmes ».

Le Miroir, 16 mars 1919.

1 Doc. 1 **Décrivez le dessin en précisant ce qu'il cherche à montrer.**

....

....

....

....

2 Doc. 1 **Expliquez quel rôle est assigné à la SDN.**

....

....

....

....

....

3 Doc. 1 et 2 **La SDN a-t-elle permis de garantir la paix ?**

....

....

 # vidéo
Accords de Munich : au nom du pacifisme, la naissance d'une guerre - 2,02 min
foucherconnect.fr/25hgc027

Doc. 2 Les accords de Munich (1938)

Signés dans la nuit du 29 au 30 septembre 1938 entre l'Allemagne, la France, le Royaume-Uni et l'Italie, avec ces accords, les pays décident un compromis afin d'éviter la guerre. En contrepartie, l'Allemagne nazie est autorisée à envahir les Sudètes en Tchécoslovaquie.

« Nous ne prenons pas place dans la brigade des acclamations. Nous n'écrirons pas que l'accord de Munich a sauvé la paix. Nous enregistrons que M. Daladier vient de souscrire au dépècement d'un peuple libre. Nous sommes persuadés que la menace que courent des millions d'hommes en France et en Europe est plus grave aujourd'hui qu'elle n'était hier. Nous n'applaudissons pas parce qu'il n'est pas dans la tradition française d'applaudir aux violations du droit. Nous n'applaudissons pas parce que nous croyons qu'on affaiblit la paix chaque fois qu'on affaiblit la sécurité française et que l'accord de Munich est un Sedan diplomatique.

Ceux qui reviennent de Munich avec ce bagage peuvent essayer de se faire pardonner. Mais ils manquent de pudeur lorsque, gagnés par la contagion, ils prennent debout sur leur voiture des poses de Premier consul. Non ! Nous n'applaudissons pas ! [...]

Aujourd'hui, l'armée allemande fera son entrée dans la région des Sudètes. Dans les jours qui viennent, le territoire sera complètement occupé. Que vaudront les frêles barrières de la commission internationale? Qu'on imagine le sort de dizaines de milliers d'hommes et de femmes, de Tchèques, de juifs, de socialistes, de communistes, de démocrates qui, en dépit des procédures fragiles imaginées *in extremis*, seront livrés au couteau de l'égorgeur. Non, on n'a pas le droit de prostituer le beau nom de paix en l'accolant à ces opérations punitives. [...] »

Gabriel Péri, *L'Humanité*, 1er octobre 1938.

4 Doc. 2 **Pourquoi cet événement est-il un symbole fort de l'échec de la paix ?**

....

....

Doc. 3 La création de l'ONU en 1945

Nous, peuples des Nations unies, RÉSOLUS
- à préserver les générations futures du fléau de la guerre qui deux fois en l'espace d'une vie humaine a infligé à l'humanité d'indicibles souffrances ;
- à proclamer à nouveau notre foi dans les droits fondamentaux de l'homme, dans la dignité et la valeur de la personne humaine, dans l'égalité de droits des hommes et des femmes, ainsi que des nations, grandes et petites ;
- à créer les conditions nécessaires au maintien de la justice et du respect des obligations nées des traités et autres sources du droit international ;
- à favoriser le progrès social et instaurer de meilleures conditions de vie dans une liberté plus grande. [...]

Préambule de la Charte des Nations unies, San Francisco, 26 juin 1945.

Doc. 4 L'arbre des Nations unies

Affiche de Henry Eveleigh, 1947.

5 Doc. 3 Dites à quoi s'engagent les États en signant la Charte des Nations unies.

....

....

....

....

....

....

6 Doc. 4 Décrivez et interprétez l'affiche.

....

....

....

....

....

....

Ressource EDD

16. Paix, justice et institutions efficaces

foucherconnect.fr/25hgc025

Je fais le point sur... Les sorties de guerre

→ *Complétez la synthèse suivante.*

Les sorties des deux guerres sont marquées par une volonté de rétablir la paix en trouvant des solutions et des institutions devant garantir la paix.

1) Les traités de paix et les procès...

....

2) Pour garantir la paix, on met en place...

....

....

....

DIFFÉRENCIATION

1937, début de la guerre en Asie : agression du Japon contre la Chine

CHOISISSEZ LE PARCOURS QUI VOUS CONVIENT LE MIEUX

Doc. 1 Une affiche de propagande en chinois produite par les Japonais

La ville de Nankin, alors capitale de la Chine, est tombée en décembre 1937, quelques mois après le début de l'invasion de la Chine par l'armée impériale nippone. Les Japonais y perpètrent un massacre d'une violence extrême pendant plusieurs semaines. Le « sac de Nankin » fait 300 000 victimes selon la Chine. Le Japon en reconnaît 200 000.

Traduction :
« Création d'un nouveau régime après le retrait de Chiang ».
Le drapeau à cinq couleurs fut celui de la république de Chine de 1912 à 1928. Il fut utilisé, avec des variantes de couleurs, entre 1935 et 1940, par plusieurs gouvernements collaborateurs chinois créés par les Japonais.

PARCOURS **autonome**

1 → Décrivez l'affiche en localisant les événements.

2 → Confrontez l'affiche avec la réalité présentée dans le paratexte.

3 → Racontez l'événement dont il est question puis, en confrontant l'affiche et la réalité des faits, expliquez le but de cette affiche.

PARCOURS **accompagné**

1 → Complétez le tableau d'analyse.

AFFICHE		DOC. COMPLÉMENTAIRE
Premier plan	**Second plan**	
Décrivez les personnages en tenant compte de leur âge, leur attitude.	Expliquez quel est l'espace cartographié au second plan, à quoi correspondent les deux sortes de drapeaux, comment est représentée la guerre.	Décrivez la photographie et dites ce que l'on peut en conclure.
....	....	....
....	....	....
....	....	....
....	....	....
....	....	....
....	....	....
....	....	....
....	....	....
....	....	....

2 → **Racontez l'événement dont il est question puis, en confrontant l'affiche et la réalité des faits, expliquez le but de cette affiche.**

....

....

....

....

Doc. complémentaire **Massacre de Nankin**

Photographie prise par Murase Moriyasu, à Nankin sur les rives du Yang-Tsé-Kiang entre décembre 1937 et janvier 1938.

Rechercher des informations
sur les processus de déportation pendant la Seconde Guerre mondiale

Durant la Seconde Guerre mondiale, 76 000 juifs furent déportés de France vers des camps de concentration et des centres de mise à mort, dont près de 90 % vers Auschwitz-Birkenau.

1 J'analyse des documents d'une région particulière

La rafle du 26 août 1942 dans le Lot-et-Garonne

Le mercredi 26 août 1942, entre 5 h et 6 h du matin, débute la grande rafle dans toute la zone libre. L'ensemble des forces de police du département est mobilisé pour arrêter les femmes et les hommes de moins de 60 ans et les enfants de plus de 2 ans. Ils n'ont que quelques minutes pour rassembler l'indispensable (vêtements, couvertures, argent, vivres et tickets d'alimentation). Cette rafle est un échec pour les autorités : sur 705 personnes désignées, 368 sont arrêtées. Les juifs sont dirigés vers le camp de Casseneuil, choisi comme centre départemental de rassemblement.

Doc. 1 Circulaire du ministère de l'Intérieur du 29 août 1942

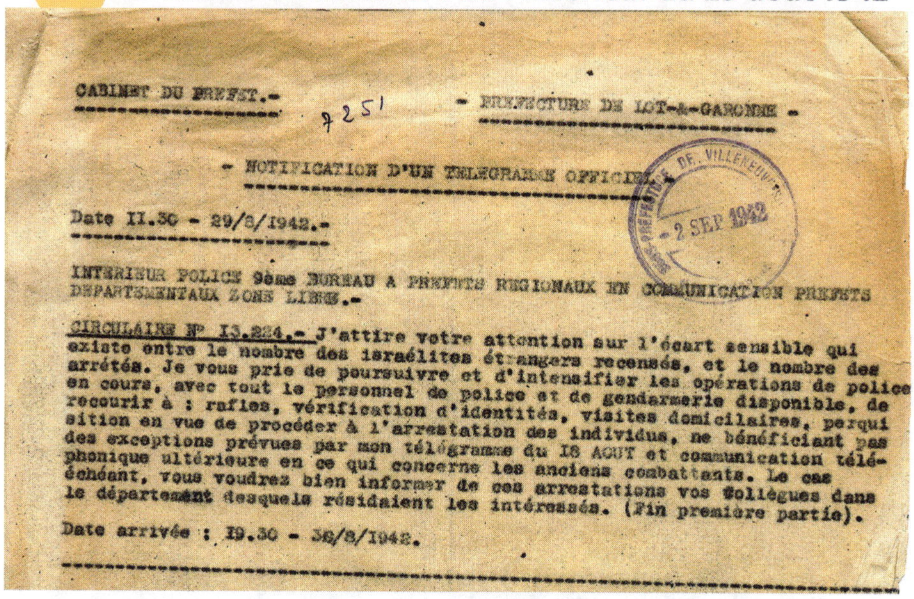

CABINET DU PREFET.- 7251 - PREFECTURE DE LOT-&-GARONNE -

- NOTIFICATION D'UN TELEGRAMME OFFICIEL.-

Date II.30 - 29/8/1942.-

INTERIEUR POLICE 9ème BUREAU A PREFETS REGIONAUX EN COMMUNICATION PREFETS DEPARTEMENTAUX ZONE LIBRE.-

CIRCULAIRE N° 13.224.- J'attire votre attention sur l'écart sensible qui existe entre le nombre des israélites étrangers recensés, et le nombre des arrêtés. Je vous prie de poursuivre et d'intensifier les opérations de police en cours, avec tout le personnel de police et de gendarmerie disponible, de recourir à : rafles, vérification d'identités, visites domiciliaires, perquisition en vue de procéder à l'arrestation des individus, ne bénéficiant pas des exceptions prévues par mon télégramme du 18 AOUT et communication téléphonique ultérieure en ce qui concerne les anciens combattants. Le cas échéant, vous voudrez bien informer de ces arrestations vos Collègues dans le département desquels résidaient les intéressés. (Fin première partie).

Date arrivée : 19.30 - 30/8/1942.

Archives départementales du Lot-et-Garonne.

Doc. 2 Liste de Juifs choisis pour la déportation (extrait)

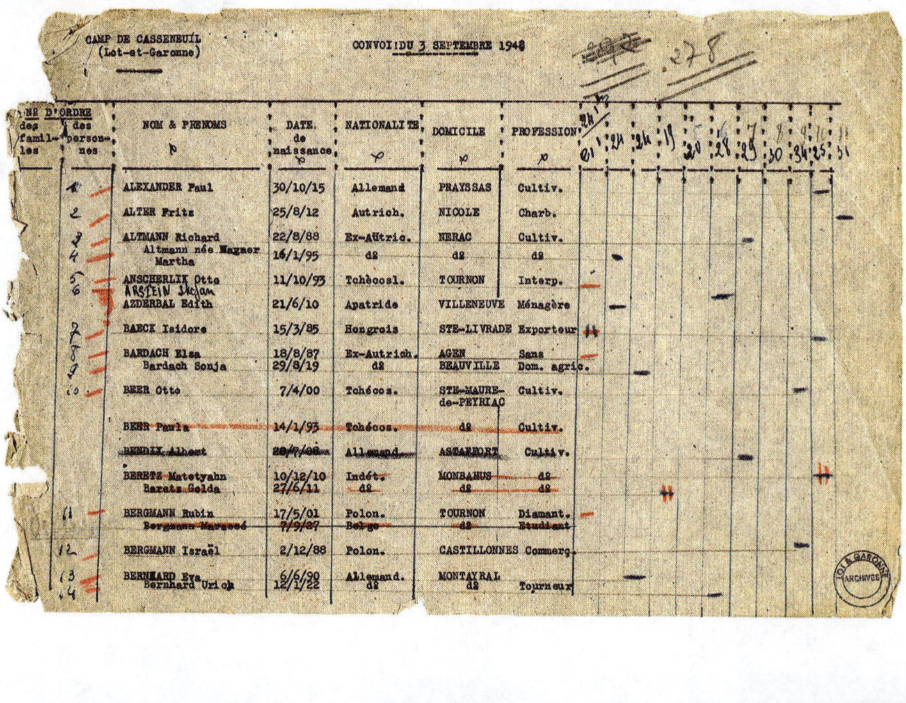

CAMP DE CASSENEUIL (Lot-et-Garonne)

CONVOI DU 3 SEPTEMBRE 1942

N° D'ORDRE des familles	N° D'ORDRE des personnes	NOM & PRENOMS	DATE de naissance	NATIONALITE	DOMICILE	PROFESSION
	1	ALEXANDER Paul	30/10/15	Allemand	PRAYSSAS	Cultiv.
	2	ALTER Fritz	25/8/12	Autrich.	NICOLE	Charb.
	3	ALTMANN Richard	22/8/88	Ex-Autric.	NERAC	Cultiv.
	4	Altmann née Magner Martha	16/1/95	d°	d°	d°
	5	ANSCHERLIK Otto	11/10/93	Tchécosl.	TOURNON	Interp.
	6	ARSTEIN Stefan				
		AZDERBAL Edith	21/6/10	Apatride	VILLENEUVE	Ménagère
	7	BAECK Isidore	15/3/85	Hongrois	STE-LIVRADE	Exporteur
	8	BARDACH Elsa	18/8/87	Ex-Autrich.	AGEN	Sans
	9	Bardach Sonja	29/8/19	d°	BEAUVILLE	Dom. agric.
	10	BEER Otto	7/4/00	Tchécos.	STE-MAURE-de-PEYRIAC	Cultiv.
		BEER Paula	14/1/93	Tchécos.	d°	Cultiv.
		BENDIX Albert	28/7/08	Allemand	ASTAFFORT	Cultiv.
		BERETZ Matetyahn	10/12/10	Indét.	MONBAHUS	d°
		Baretz Golda	27/6/11	d°	d°	d°
	11	BERGMANN Rubin	17/5/01	Polon.	TOURNON	Diamant.
		Bergmann Marcocé	7/9/27	Belge	d°	Etudiant
	12	BERGMANN Israël	2/12/88	Polon.	CASTILLONNES	Commerç.
	13	BERNHARD Eva	6/6/90	Allemand.	MONTAYRAL	
	14	Bernhard Urich	12/1/22	d°	d°	Tourneur

Liste élaborée après avis de la commission de criblage qui avait pour mission de choisir les Juifs devant être déportés ou non.

Archives départementales du Lot-et-Garonne.

2 J'identifie les processus de déportation
à l'échelle nationale et européenne

Doc. 3 Principaux itinéraires des convois de déportation vers Auschwitz-Birkenau

1 Doc. 1 Expliquez ce que demande le ministre de l'Intérieur et précisez les raisons de cette demande.

....

....

....

2 Doc. 2 Dites, à partir de cette liste, les personnes qui sont visées par cette rafle.

....

3 Doc. 1 à 3 Décrivez le processus de déportation dans le Lot-et-Garonne (arrestation, internement, déportation).

....

....

....

....

4 Doc. 3 Que pouvez-vous conclure du processus de déportation à l'échelle de la France et de l'Europe ?

....

....

....

3 Je rends compte à l'oral ou à l'écrit

à titre individuel ou collectif

5 À partir de cet exemple, faites une recherche sur le processus de déportation des Juifs dans votre département ou région pendant la Seconde Guerre mondiale.

#lien-carte
Carte interactive CNRS/ENS
foucherconnect.fr/25hgc028

Étape 1 : Recherchez des informations.

– Identifiez un exemple proche de votre lycée à partir de la carte interactive proposée par le CNRS et l'ENS.

– Trouvez des documents au musée de la résistance et de la déportation de votre département, aux archives départementales, ou sur leur site Internet.

– Interviewez des témoins rescapés de la déportation vivant près de votre lycée.

Étape 2 : Préparez un dossier.

– Choisissez quelques documents qui vous permettront d'expliquer le processus de déportation.

– Précisez la source exacte de ces documents.

– Analysez rapidement chaque document.

– Écrivez une courte synthèse dans laquelle vous expliquez le processus.

Étape 3 : Présentez à l'oral le processus de déportation que vous avez étudié.

6 Présentez le contexte général et le contexte local.

....

....

....

7 Expliquez le processus lui-même : comment se font les arrestations, selon quelles règles, où sont parqués les Juifs en attendant la déportation ? Où sont-ils déportés ?

....

....

8 Faites un bilan de ce processus de déportation.

....

....

....

....

....

....

....

....

....

....

....

....

....

Quelques conseils

L'oral peut prendre la forme :

– d'un exposé qui sera illustré d'images ou de détails de documents d'archive ;

– d'un enregistrement audio (sur votre smartphone par exemple) que vous publierez sur l'ENT du lycée ;

– d'un reportage historique que vous diffuserez sur la webradio du lycée.

Guerres européennes, guerres mondiales, guerres totales (1914-1945)

Des sociétés en guerre

• **Jamais les sociétés n'ont été autant mobilisées que durant ce que des historiens ont appelé la guerre civile européenne entre 1914 et 1945.** Née en Europe en 1914, elle a gagné progressivement l'ensemble du monde. En 1937, le Japon attaque la Chine. La guerre éclate en Europe après l'invasion de la Pologne par les nazis en 1939. Le conflit se transforme rapidement en **guerre mondiale**.

• **Les différents États mènent une propagande très efficace**, mais les sociétés elles-mêmes se mobilisent autour d'idéaux communs. Les exemples d'engagement sont nombreux et variés, adolescents au combat, femmes à l'usine à l'arrière pour la Première Guerre mondiale, collaboration ou résistance lors de la Seconde. L'ensemble de la société est mis au service de la guerre qui se transforme en **guerre totale**. Si la guerre totale mobilise les sociétés dans leur ensemble, il y a un seuil technologique, militaire et économique entre la Première et la Deuxième Guerre mondiale.

• **En France, Charles de Gaulle**, replié à Londres après la mise en place du régime de la collaboration en 1940 avec l'Allemagne, fonde **la France libre**, dont **Brazzaville** devient la capitale.

Les violences de guerre

• **En Europe et dans le monde, c'est un crescendo de violence** qui marque les années 1914-1945. Le martyre des populations civiles de la Seconde Guerre mondiale, comme lors du bombardement de Dresde, des villes japonaises d'**Hiroshima et Nagasaki**, constitue un indéniable paroxysme de la violence extrême en Europe et dans le monde.

• **À l'échelle mondiale**, c'est la diffusion, la circulation et la **banalisation des pratiques de violence extrême** qui caractérisent les conflits au XXe siècle.

• **Deux génocides marquent cette période :** le **génocide des Arméniens** pendant la Première Guerre mondiale ; le **génocide des Juifs et des Tsiganes** pendant la Seconde Guerre mondiale perpétré par le régime nazi **antisémite**.

Les sorties de guerre

• **La paix dessine après chaque guerre un nouveau système international.** Après la Première Guerre mondiale, le nationalisme est accusé de faire le lit des conflits. La création de la **SDN** vise à éviter tout recours aux armes. Les territoires sont remodelés, mais les traités des années 1920 mécontentent de nombreuses populations et portent les germes de nouveaux conflits, comme le traité de Versailles qui ne sera jamais accepté par les nazis.

• **L'ONU remplace la SDN en 1945.** Dévastés, l'Europe tout entière et d'autres pays comme le Japon se reconstruisent.

• **La participation active des populations colonisées** à l'effort de guerre, et le principe du « droit des peuples à disposer d'eux-mêmes » ont fait naître un fort **anticolonialisme**, comme en Algérie, occupée par la France.

Mémo> **AUDIO**

foucherconnect.fr / 25hgc029

Mots-clés

- **Anticolonialisme** : mouvement d'opposition à la doctrine d'occupation et de domination de territoires étrangers, le colonialisme.
- **ONU** : organisation internationale mise en place en 1945 dont les objectifs sont le maintien de la paix et la sécurité internationale.
- **Propagande** : stratégie de communication de masse ayant pour objectif l'influence de l'opinion et des actions d'individus ou de groupes au moyen d'informations partiales.
- **SDN** : organisation internationale créée par le traité de Versailles (1919) et qui a siégé à Genève de 1920 à 1946.

Les protagonistes des conflits

1. Les combattants dans les tranchées, août 1915.

Les militaires

• Au cours des deux guerres mondiales, **des millions d'hommes** furent mobilisés au sein d'armées de masse très organisées. Les soldats peuvent être des **conscrits** ou des **volontaires** ayant fait le choix de s'enrôler.

Les civils

• Les civils, **femmes**, **enfants** et **personnes âgées**, sont largement mobilisés par la propagande de guerre et autour d'idéaux et de valeurs communes. Les femmes, dont certaines ont combattu, ont souvent participé à l'**effort de guerre** par leur travail.

2. Munitionnettes dans une usine d'armement, 1914-1918.

3. Le général de Gaulle en 1940.

Des acteurs engagés

Dans la résistance

• Devenir résistant peut être un **choix individuel** ou le résultat de la volonté de s'inscrire dans un **collectif**. En réagissant contre l'occupant, les résistants continuent la guerre par d'autres moyens. Charles de Gaulle, condamné à mort par contumace (en son absence) le 2 août 1940, incarne cette volonté de poursuivre le combat aux côtés des alliés.

4. Le maréchal Pétain en 1940.

Dans la collaboration

• Le gouvernement français, dirigé par le maréchal Pétain, signe avec l'Allemagne du IIIe Reich un armistice le 22 juin 1940 et organise une « collaboration d'État », qui devient officielle à partir de l'entrevue de Montoire entre le maréchal Pétain et Hitler le 24 octobre 1940.

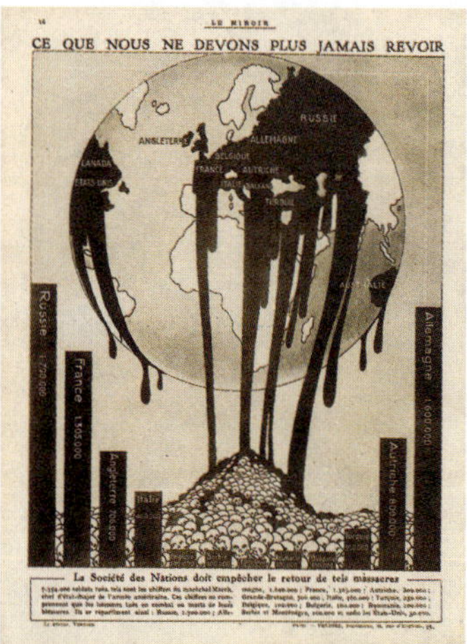

5. Une de journal au moment de la création de la SDN, mars 1919 .

Des instances internationales

La Société des nations (SDN)

• La SDN établie en **1919** par le traité de Versailles est la **première organisation internationale** créée pour développer la coopération entre les nations et pour leur garantir la **paix** et la **sécurité**.

L'Organisation des nations unies (ONU)

• L'ONU est une organisation internationale instituée le 24 octobre **1945**. Elle remplace la Société des nations. Ses objectifs sont le maintien de la **paix** et la **sécurité internationale**.

6. Affiche célébrant l'ONU.

Doc. Deux guerres mondiales

▶ Vidéo carte
foucherconnect.fr/25hgc030

De 1914 à 1918

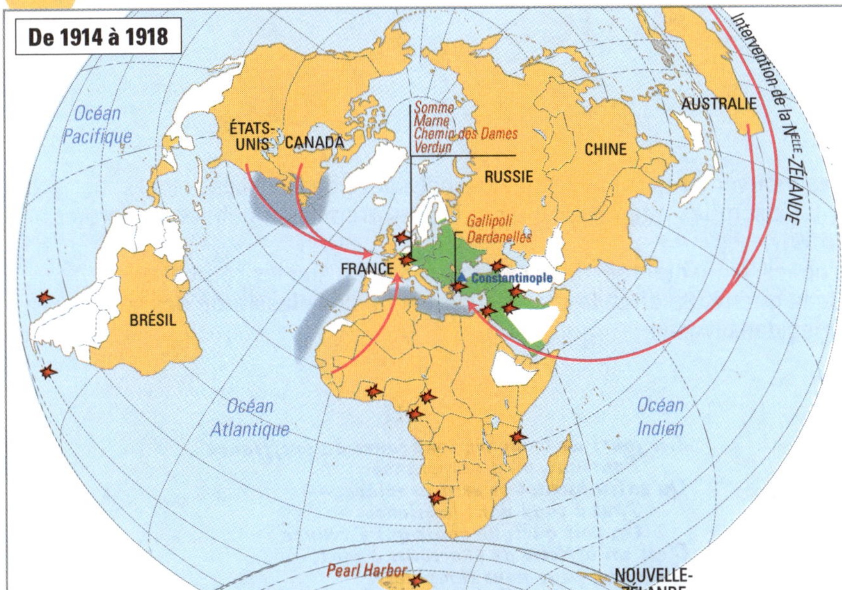

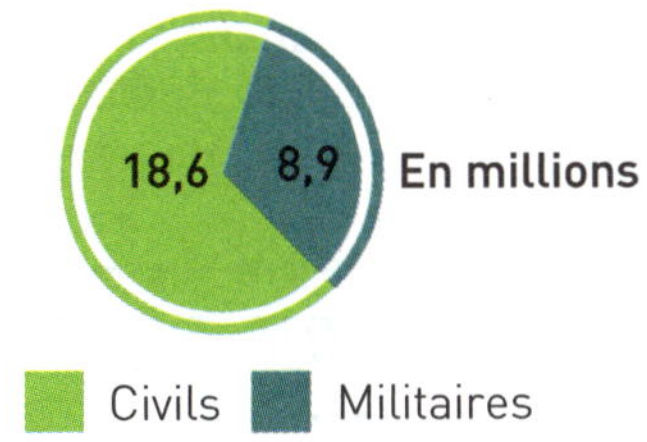

De 1937 à 1945

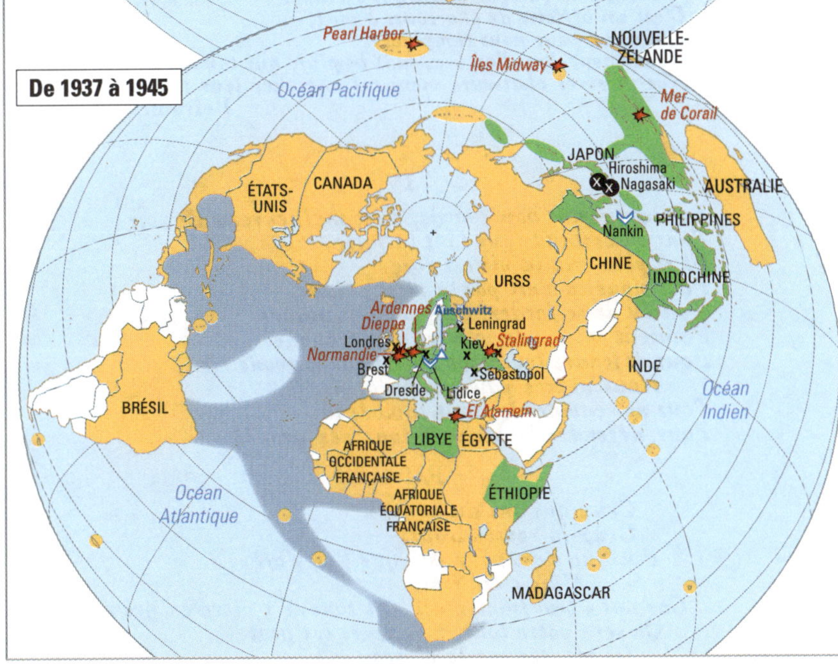

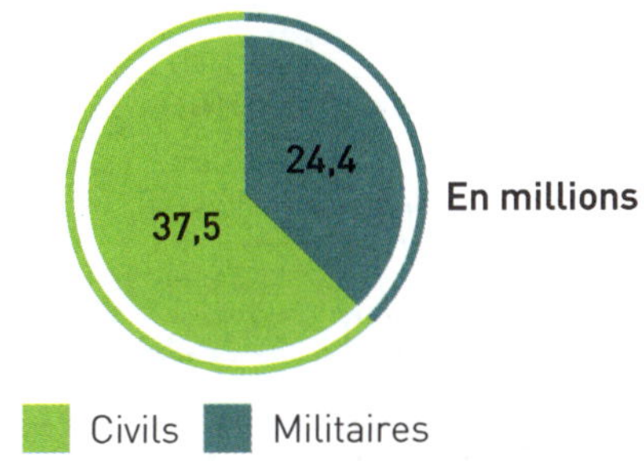

carte interactive
foucherconnect.fr/25hgc031

Complétez la légende des cartes.

1. Des sociétés en guerre	2. Les violences de guerre
[ ]	◔ ....
[ ] États centraux/Axe, y compris États annexés	**Villes détruites**
	× ....
[ ] Batailles terrestres et maritimes majeures	⊗ ....
	Génocides
	[ ] *Lieu de décision*
	[ ] *Épicentre*
[ ] Guerre sous-marine	[ ] Massacres

À partir de la comparaison de ces deux cartes, déterminez quelques caractéristiques importantes des deux guerres mondiales.

....

....

....

....

....

....

....

....

....

....

Dire le Chemin des Dames

Doc. 1 La chanson de Craonne

La chanson de Craonne est popularisée au moment des mouvements collectifs de désobéissance de 1917. Les soldats l'apprenaient par cœur, se la transmettaient oralement. Ce sont les Allemands qui ont été les premiers à publier les paroles de la chanson dans *La Gazette des Ardennes* du 24 juin 1917.
Ils voulaient montrer aux populations des régions occupées, à qui était destinée cette publication, que les combattants français n'avaient plus le moral et aspiraient à la fin de la guerre. En effet, la chanson témoigne de la lassitude des soldats après l'échec de l'offensive Nivelle au Chemin des Dames dans l'Aisne.

UNE CHANSON DE SOLDAT

La chanson suivante a été trouvée, en deux exemplaires écrits à la main, sur des soldats français faits prisonniers aux environs de Craonne. Nous la reproduisons à titre de document :

I.

Au bout de huit jours, le repos terminé,
Il faut reprendre dans la tranchée
Notre place si utile,
*Car sans nous on prend la pile.**
Ou mais c'est fini, on en a assez,
Personne ne veut plus marcher.
Et le cœur bien gros, plein de sanglots
On dit adieu au repos
Même sans tambour, même sans trompette
Nous montons là-haut en baissant la tête...

Refrain.

Adieu la vie, adieu l'amour,
Adieu toutes les femmes,
…n'est pas fini, c'est pour toujours
…e cette guerre infâme.
…est à Craonne sur le plateau,
…u'on doit laisser sa peau,
…ar nous sommes tous des condamnés,
…ous sommes les sacrifiés !...

II.

Nous voilà partis avec le cœur bien gros
On peut dire adieu au repos
Car pour nous la vie est dure,
C'est terrible, je vous l'assure.
A Craonne là-haut on va se faire descendre
Sans même pouvoir se défendre ;
Car si nous avons de bons canons
Les Boches répondent bien à leur son,
Et forcés de se terrer au fond de la tranchée,
Nous attendons l'obus qui viendra nous tuer...

Refrain.

III.

Les jours de tranchée sont jours de souffrance
Pourtant, on a l'espérance
Qu'enfin bientôt ce sera la relève. —
Tout à coup dans le silence
On voit quelque chose qui s'avance :
C'est un officier de chasseurs à pied,
Qui vient pour nous remplacer.
Doucement dans l'ombre, sous la pluie qui tombe
Nos pauvres chasseurs viennent chercher leur tombe...

Refrain.

IV.

Sur les grands boulevards, c'est malheureux de voir
Tant de costauds qui font la foire,
Et si pour eux la vie est rose
Pour nous ce n'est pas la même chose.
Au lieu de se farder, tous ces embusqués
Feraient mieux de monter aux tranchées
Pour défendre leur bien, car nous n'avons rien,
*Nous autres pauvres purotins.***
Tous nos camarades sont tombés là
Pour défendre le bien de tous ces gros-là.

Refrain.

Ceux qui ont du pognon
Ceux-là reviendront,
Puisque c'est pour eux que l'on s'crève.
Mais c'est fini.
Car nos « troufions » veulent tous se mettre en grève
Ce sera votre tour, messieurs les gros
De monter sur le plateau.
Puisque vous voulez continuer la guerre
Payez un peu de votre sale peau !!

Faite à Croix-sans-Tête, en réserve, mai 1917.

Signé : J...., caporal.

* Prendre la pile : subir une défaite
** Purotin : personne misérable.

Fac-similé de la Chanson de Craonne, « Une chanson de soldat », publiée dans la *Gazette des Ardennes : journal des pays occupés* – janvier 1917 – Décembre 1917.

#audio
Chanson de Craonne interprétée par Marc Ogeret - 4,38 min
foucherconnect.fr/25hgc032

1 Relevez dans le texte des phrases exprimant :

La lassitude	Le refus de continuer le combat	Une forme de révolte sociale
....	....	....
....	....	....
....	....	....
....	....	....
....	....	....

Doc. 2 Carte de l'offensive du 16 avril 1917

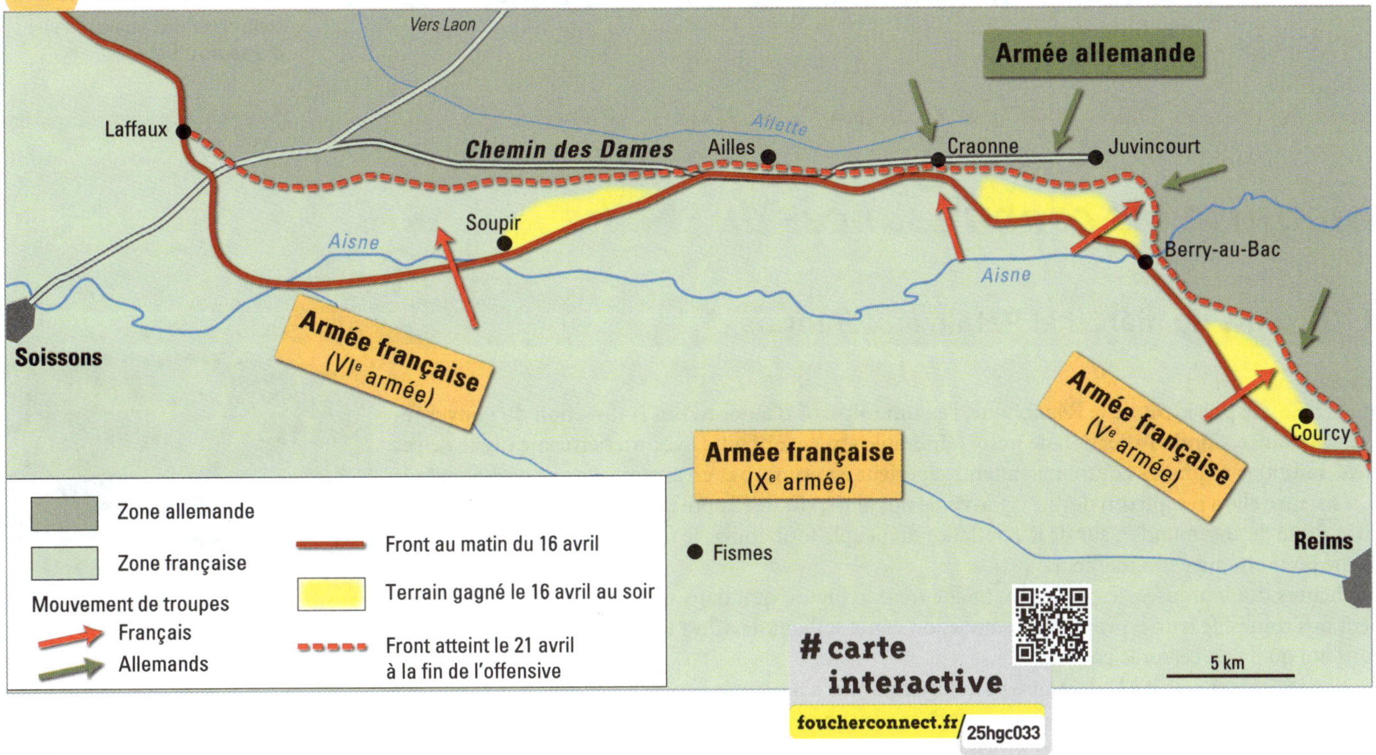

Doc. 3 Un ancien combattant témoigne dans un roman

Cinquante mois on se l'est disputé, on s'y est égorgé et le monde anxieux attendait de savoir si le petit sentier était enfin franchi. Ce n'était que cela, ce chemin légendaire : on le passe d'une enjambée… Si l'on y creusait, de la Malmaison à Craonne, une fosse commune, il la faudrait deux fois plus large pour contenir tous les morts qu'il a coûtés. Ils sont là, trois cent mille, Allemands et Français, leurs bataillons mêlés dans une suprême étreinte qu'on ne dénouera plus, trois cent mille sur qui des mamans s'étaient penchées quand ils étaient petits, trois cent mille dont de jeunes mains caressèrent le visage. Trois cent mille morts, cela fait combien de larmes ?

Roland Dorgelès, *Le réveil des morts*, Albin Michel, 1923.

2 Doc. 2 **Surlignez sur la carte le Chemin des Dames et Craonne. Repérez la ligne de départ, le terrain gagné le 16 avril au soir et enfin le front atteint à la fin de l'offensive le 21 avril. Quelle conclusion peut-on en tirer ?**

……………………………………………………………………………………………………

3 Doc. 3 **Expliquez ce que l'écrivain Roland Dorgelès entend par « ce chemin légendaire ».**

……………………………………………………………………………………………………

4 Doc. 1 à 3 **Présentez la chanson de Craonne en expliquant son contexte. Dites pourquoi sa poésie parvient à nous toucher si longtemps après les événements.**

……………………………………………………………………………………………………
……………………………………………………………………………………………………
……………………………………………………………………………………………………
……………………………………………………………………………………………………
……………………………………………………………………………………………………
……………………………………………………………………………………………………

Guerres européennes, guerres mondiales, guerres totales
(1914-1945)

CAPACITÉS MOBILISÉES
- Identifier et nommer les dates et acteurs des grands événements.
- Situer un document dans son contexte pour l'expliquer.
- Confronter des points de vue d'acteurs différents.

> À l'issue de l'étude du thème, je révise et je m'entraîne sur des capacités du programme.

Je mobilise les connaissances du thème

Doc. 1 Discours du maréchal Pétain aux Français

« Français !
À l'appel de M. le président de la République, j'assume à partir d'aujourd'hui la direction du gouvernement de la France. Sûr de l'affection de notre admirable armée, qui lutte avec un héroïsme digne de ses longues traditions militaires contre un ennemi supérieur en nombre et en armes, sûr que par sa magnifique résistance elle a rempli son devoir vis-à-vis de nos alliés, sûr de l'appui des anciens combattants que j'ai eu la fierté de commander, sûr de la confiance du peuple tout entier, je fais à la France le don de ma personne pour atténuer son malheur.
En ces heures douloureuses, je pense aux malheureux réfugiés, qui, dans un dénuement extrême, sillonnent nos routes. Je leur exprime ma compassion et ma sollicitude. C'est le cœur serré que je vous dis aujourd'hui qu'il faut cesser le combat.
Je me suis adressé cette nuit à l'adversaire pour lui demander s'il est prêt à rechercher avec nous, entre soldats, après la lutte et dans l'honneur, les moyens de mettre un terme aux hostilités. Que tous les Français se groupent autour du gouvernement que je préside pendant ces dures épreuves et fassent taire leur angoisse pour n'écouter que leur foi dans le destin de la patrie. »

Discours du maréchal Pétain, président du Conseil, prononcé à la radio française le 17 juin 1940 à 12 h 20.

#audio Discours radiodiffusé - 1,40 min
foucherconnect.fr/25hgc034

Doc. 2 Discours du général de Gaulle aux Français

« Les chefs qui, depuis de nombreuses années, sont à la tête des armées françaises, ont formé un gouvernement. Ce gouvernement, alléguant la défaite de nos armées, s'est mis en rapport avec l'ennemi pour cesser le combat. Certes, nous avons été, nous sommes submergés par la force mécanique, terrestre et aérienne de l'ennemi. Infiniment plus que leur nombre, ce sont les chars, les avions, la tactique des Allemands qui nous font reculer. Ce sont les chars, les avions, la tactique des Allemands qui ont surpris nos chefs au point de les amener là où ils en sont aujourd'hui.
Mais le dernier mot est-il dit ? L'espérance doit-elle disparaître ? La défaite est-elle définitive ? Non ! Croyez-moi, moi qui vous parle en connaissance de cause et vous dis que rien n'est perdu pour la France. Les mêmes moyens qui nous ont vaincus peuvent faire venir un jour la victoire. Car la France n'est pas seule ! Elle n'est pas seule ! Elle a un vaste empire derrière elle. Elle peut faire bloc avec l'Empire britannique qui tient la mer et continue la lutte. Elle peut, comme l'Angleterre, utiliser sans limites l'immense industrie des États-Unis. Cette guerre n'est pas limitée au territoire de notre malheureux pays. Cette guerre n'est pas tranchée par la bataille de France. Cette guerre est une guerre mondiale. Toutes les fautes, tous les retards, toutes les souffrances n'empêchent pas qu'il y a, dans l'univers, tous les moyens pour écraser un jour nos ennemis. Foudroyés aujourd'hui par la force mécanique, nous pourrons vaincre dans l'avenir par une force mécanique supérieure. Le destin du monde est là.
Moi, général de Gaulle, actuellement à Londres, j'invite les officiers et les soldats français qui se trouvent en territoire britannique ou qui viendraient à s'y trouver, avec leurs armes ou sans leurs armes, j'invite les ingénieurs et les ouvriers spécialisés des industries d'armement qui se trouvent en territoire britannique ou qui viendraient à s'y trouver, à se mettre en rapport avec moi.
Quoi qu'il arrive, la flamme de la Résistance française ne doit pas s'éteindre et ne s'éteindra pas. Demain, comme aujourd'hui, je parlerai à la radio de Londres. »

Appel du 18 juin, texte du discours radiophonique du général de Gaulle prononcé à la BBC (Londres) le 18 juin 1940 et retranscrit dans le n° 1 du *Bulletin officiel des Forces françaises libres* le 15 août 1940.

#vidéo L'appel du 18 juin 1940 : pourquoi ? comment ? - 4 min
foucherconnect.fr/25hgc035

1 Rappelez le contexte dans lequel ont été prononcés les deux discours.

....

....

....

....

....

....

....

....

2 Comparez les deux textes.

	Texte 1	Texte 2
Auteur	....	....
Fonction	....	....
Position par rapport à la défaite	....	....
Arguments en faveur de cette position	....	....
À quoi appellent-ils les Français ?	....	....

3 En vous appuyant sur vos connaissances, précisez l'engagement de ces deux acteurs historiques.

....

....

....

....

....

....

....

....

THÈME 1
Géographie

La recomposition du territoire urbain en France :
métropolisation et périurbanisation

Les centres urbains sont depuis toujours des lieux de pouvoir économique et politique. Parce qu'ils concentrent de plus en plus de services de haut niveau dans les domaines administratif, commercial, culturel ou des loisirs, ils se transforment et contribuent à l'étalement des métropoles sur de larges territoires.

Je DÉCOUVRE

vidéo
Découvrez Euroméditerranée en 2 minutes - 2,00 min
foucherconnect.fr/25hgc036

Le développement d'Euroméditerranée à Marseille. Le quartier se recompose depuis 1995 afin de renforcer l'attractivité économique, sociale et culturelle, de la métropole forte de près de 2 millions d'habitants. Aménagé sur 480 hectares autour des tours Mirabeau, La Marseillaise et du siège social de la CMA-CGM (leader mondial du transport maritime en conteneurs), il accueille de nombreuses start-up réunies sous le label Aix-Marseille French Tech. D'autres entreprises de taille nationale et internationale y possèdent des bureaux : Airbus Helicopters, Odalys, Haribo, Alinéa, Onet ou Voyage privé...

- **Évoquez, à travers quelques mots ou expressions, l'image qui se dégage de la ville de Marseille sur cette photographie.**

....

....

- **Indiquez quelles sont, selon vous, les raisons qui attirent les entreprises dans ce quartier.**

....

....

....

Je me REPÈRE

Complétez les légendes des différentes zones d'activité urbaines : *industrielle – culturelle – commerciale – scientifique et technologique – de loisirs – politique.*

La zone .... de Wittenheim près de Mulhouse

Le pôle .... de Paris Saclay (*cluster*)

La zone .... du lac Kir à Dijon

Des fonctions multiples

La zone .... du groupe PSA à Poissy en banlieue parisienne

Le Conseil régional d'Auvergne-Rhône-Alpes à Lyon, lieu d'exercice du pouvoir ....

Le Louvre, symbole de la puissance .... de la capitale

Je COMPRENDS

Aménager la ville durable

L'urbanisme durable a un impact direct sur la vie quotidienne et la qualité du cadre de vie de chacun [...]. Il prend alors en compte les limites planétaires (une utilisation des matières premières et une gestion de l'eau raisonnées) et propose des solutions pour adapter les territoires au changement climatique. [...] De manière plus générale, une attention particulière est portée à la manière dont les sols sont « consommés » : l'implantation d'activités ou d'habitations entraîne en effet l'artificialisation des sols. Dans ces conditions, les sols ne présentent plus les qualités requises pour drainer les pluies dans de bonnes conditions. Ils ne se régénèrent plus et ne peuvent plus s'adapter à l'évolution des conditions climatiques.

Urbanisme durable, les défis de la transition, www.ademe.fr, consulté en octobre 2022.

Ressource EDD

11. Villes et communautés durables

ODD

foucherconnect.fr/25hgc037

1 **Précisez les différents domaines pris en compte par l'urbanisme durable pour assurer le développement des villes.**

....

....

2 **Indiquez quelle est la conséquence spatiale de l'urbanisation.**

....

ÉTUDE 1

Des territoires urbains métropolisés

CAPACITÉS
- **Analyser** un paysage urbain.
- **Décrire et expliquer** les activités du quotidien d'un habitant d'une métropole.
- **Compléter** un croquis simple de géographie.

Les métropoles françaises s'affirment comme des centres de l'économie mondialisée et forment de vastes aires urbaines avec des villes et des villages de plus en plus éloignés.
Comment cette attractivité transforme-t-elle leurs territoires ?

1 La recomposition de la métropole lyonnaise

Doc. 1 La rénovation urbaine à Lyon-Confluence

1. Autoroute A7 – **2.** Voie ferrée – **3.** Siège social de GL Events – **4.** Siège social d'Euronews – **5.** H7, quartier dédié aux start-up du numérique – **6.** Péniches-bars des quais du Rhône – **7.** Musée des confluences

 # visite virtuelle foucherconnect.fr/25hgc038

1 Doc. 1 Citez un exemple de lieu dédié à chacune des fonctions urbaines suivantes.

Activités de commandement : ……………………

……………………

Innovation et high-tech : ……………………

Culture : ……………………

Loisirs : ……………………

2 Doc. 1 + doc. ouverture Proposez trois adjectifs pour qualifier l'architecture de ces nouveaux quartiers.

……………………

Doc. 2 L'attractivité internationale selon un site d'actualités lyonnais

Lyon offre de nombreux atouts pour les entreprises internationales :
- Une excellente position géographique, au carrefour des grands axes de circulation européens et à 2 heures des grandes capitales européennes.
- Des liaisons vers plus de 115 destinations nationales et internationales depuis l'aéroport de Lyon-Saint-Exupéry [...].
- Un pôle de recherche et d'innovation au rayonnement mondial et une communauté scientifique active.
- Des travailleurs qualifiés dans de nombreux domaines : Lyon est la 2e ville française pour la qualité de l'enseignement (université de Lyon, INSA Lyon, Centrale Lyon, EM Lyon, ENS) [...].
- 730 entreprises à capitaux étrangers de plus de 20 salariés et 81 500 emplois.

Implanter son entreprise à Lyon, www.ges-lyon.fr, avril 2022.

3 Doc. 2 Soulignez dans le texte les indications montrant la bonne connexion de Lyon à d'autres métropoles mondiales.

4 Doc. 2 Citez deux facteurs favorables à la croissance des entreprises de haute technologie à Lyon.

– ……………………

……………………

– ……………………

……………………

……………………

Doc. 3 Décines, une ville de l'agglomération lyonnaise

Situé à 17 km à l'est de Lyon, le Parc OL a été inauguré en 2016. Avec les autoroutes, lotissements, parkings, ce sont l'équivalent de 1 240 terrains de football qui ont disparu en dix ans sous le bitume et le béton, dans la métropole lyonnaise.

5 Doc. 3 **En choisissant des couleurs différentes, entourez sur la photographie :**

- **un équipement dédié aux loisirs ;**
- **une zone d'habitat individuel ;**
- **une zone d'activité ;**
- **une voie rapide ;**
- **un espace agricole.**

Doc. 4 Un territoire en mouvement

La plupart des villes de l'aire métropolitaine n'ont cessé d'enregistrer, ces vingt dernières années, des taux de croissance démographique positifs. [...] Qu'il s'agisse de logement, d'emploi, d'achats ou de loisirs, les pratiques des habitants débordent les frontières de l'agglomération lyonnaise et se déploient à l'échelle de l'aire métropolitaine [...] dans un rayon d'environ 60 kilomètres autour de Lyon. Elles génèrent de fait une grande interdépendance entre les différents territoires.

Syndicat mixte d'études et de programmation de l'agglomération lyonnaise (SEPAL), chargé de la mise en œuvre du schéma de cohérence territoriale, www.scot-agglolyon.fr, janvier 2020.

6 Doc. 4 **Soulignez dans le texte le passage démontrant l'influence de Lyon au-delà des limites de l'agglomération.**

7 Doc. 1 à 4 **À partir des documents et de vos réponses aux questions précédentes, appliquez la légende sur le schéma suivant afin de préciser l'organisation d'une aire urbaine. Suivez le code couleur proposé.**

Aire d'attraction de la ville de Lyon

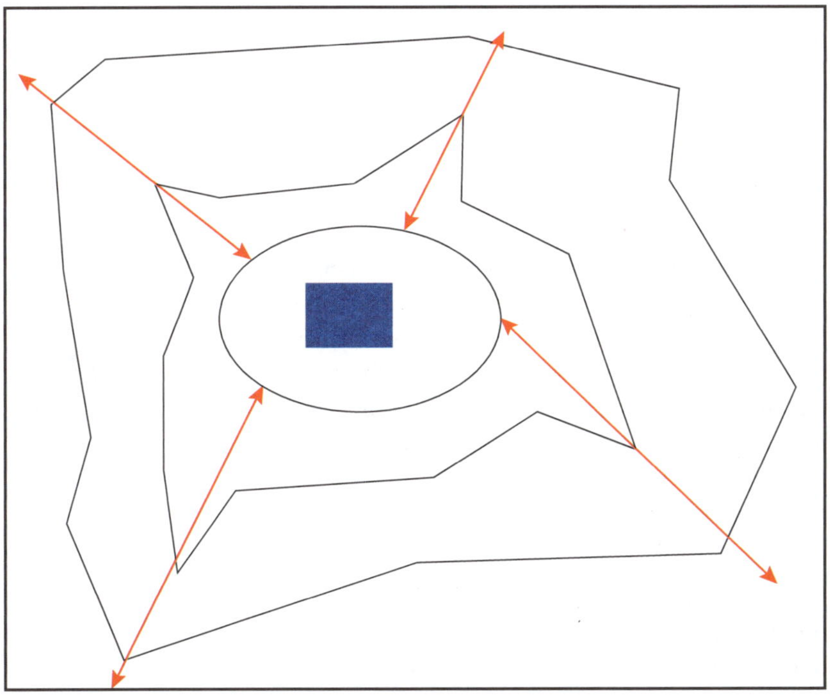

- Pôle urbain central (limite communale)
- Métropole (59 communes)
- Première couronne périurbaine
- Seconde couronne
- Troisième couronne : espace rural polarisé par la ville
- Flux de navetteurs
- Étalement urbain

2 L'attractivité à l'origine des transformations

▶ Vidéo carte

foucherconnect.fr/25hgc039

Doc. 1 L'évolution des aires urbaines

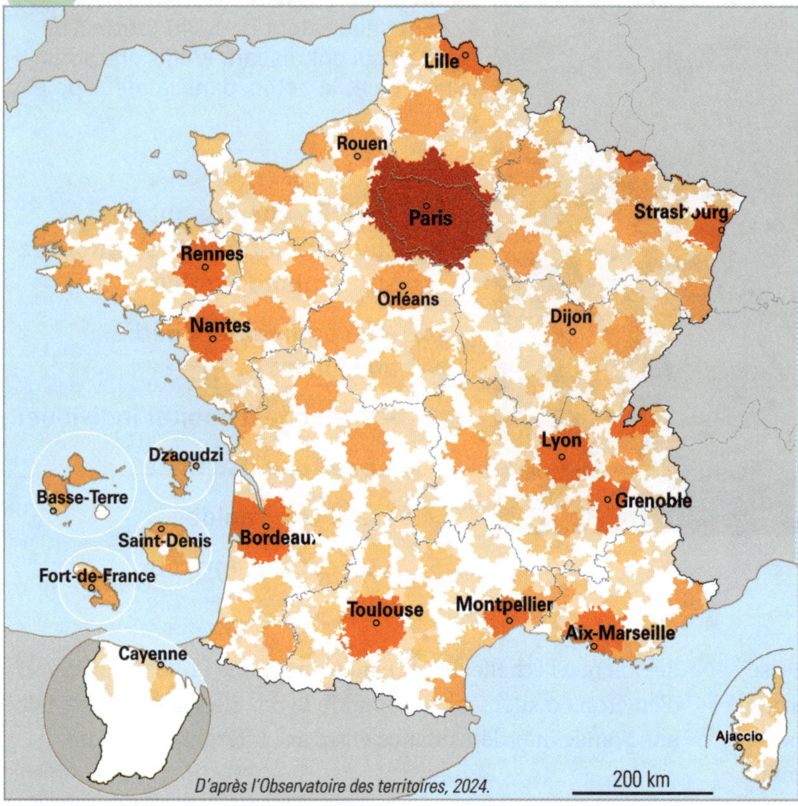

L'aire d'attraction d'une ville (AAV) est constituée d'un pôle central et de communes périurbaines. Le nombre de ses habitants reflète l'attractivité plus ou moins forte du pôle urbain central et varie selon qu'il s'agit d'une petite ville ou d'une métropole. Cette influence est mesurée par les déplacements domicile-travail des habitants. L'Insee considère en effet qu'une commune dont 15 % des actifs au moins travaillent dans le pôle central appartient à l'aire d'attraction de ce pôle.
En 2024, 94 % de la population française habite dans l'une des 699 aires d'attraction des villes et 51 % réside dans les pôles urbains. Une personne sur cinq vit dans l'aire d'attraction de Paris.

1 Doc. 1 Citez les métropoles françaises au centre des aires d'attraction de plus de 700 000 habitants.

....

....

2 Doc. 1 Délimitez sur la carte l'espace dans lequel se concentrent ces plus grandes aires d'attraction des villes.

3 Doc. 1 Décrivez la spécificité de l'aire d'attraction de la ville de Paris.

....

....

Doc. 2 La métropolisation, une concentration de la richesse

La fin des usines a entraîné la grande migration des ingénieurs vers les agglomérations. Depuis le tournant du siècle, ce mouvement touche aussi les architectes, les médecins, et les professions libérales en général. Certes, les services à la personne comme le tourisme ou l'hôtellerie-restauration mêlent des emplois de main-d'œuvre sans qualification, mal rémunérés, et des emplois à haut revenu [...]. Mais la balance n'est pas équilibrée. [...] Cette dynamique de métropolisation se traduit par la constitution de milieux sociaux et de vie homogènes, comme l'Ouest parisien, le centre de Bordeaux, le centre et la banlieue ouest de Lyon, les quartiers du centre et sud de Marseille. [...] En 2019, les douze métropoles françaises produisent plus de la moitié du PIB national, alors qu'elles n'occupent qu'une infime partie du territoire, près de 5 % (dont 2,5 % pour l'Île-de-France).

P. Vermeren, *La métropolisation de la France, un danger pour la République*, lvsl.fr, mai 2021.

Ressource EDD
10. Inégalités réduites
ODD

foucherconnect.fr/25hgc040

4 Doc. 2 Soulignez dans le texte, en vert, les exemples d'emplois concentrés dans les métropoles ; en bleu, les indications démontrant l'importance de ces métropoles pour l'économie française.

carte interactive
foucherconnect.fr/25hgc041

Doc. 3 Les lieux de pouvoir et de commandement à Paris

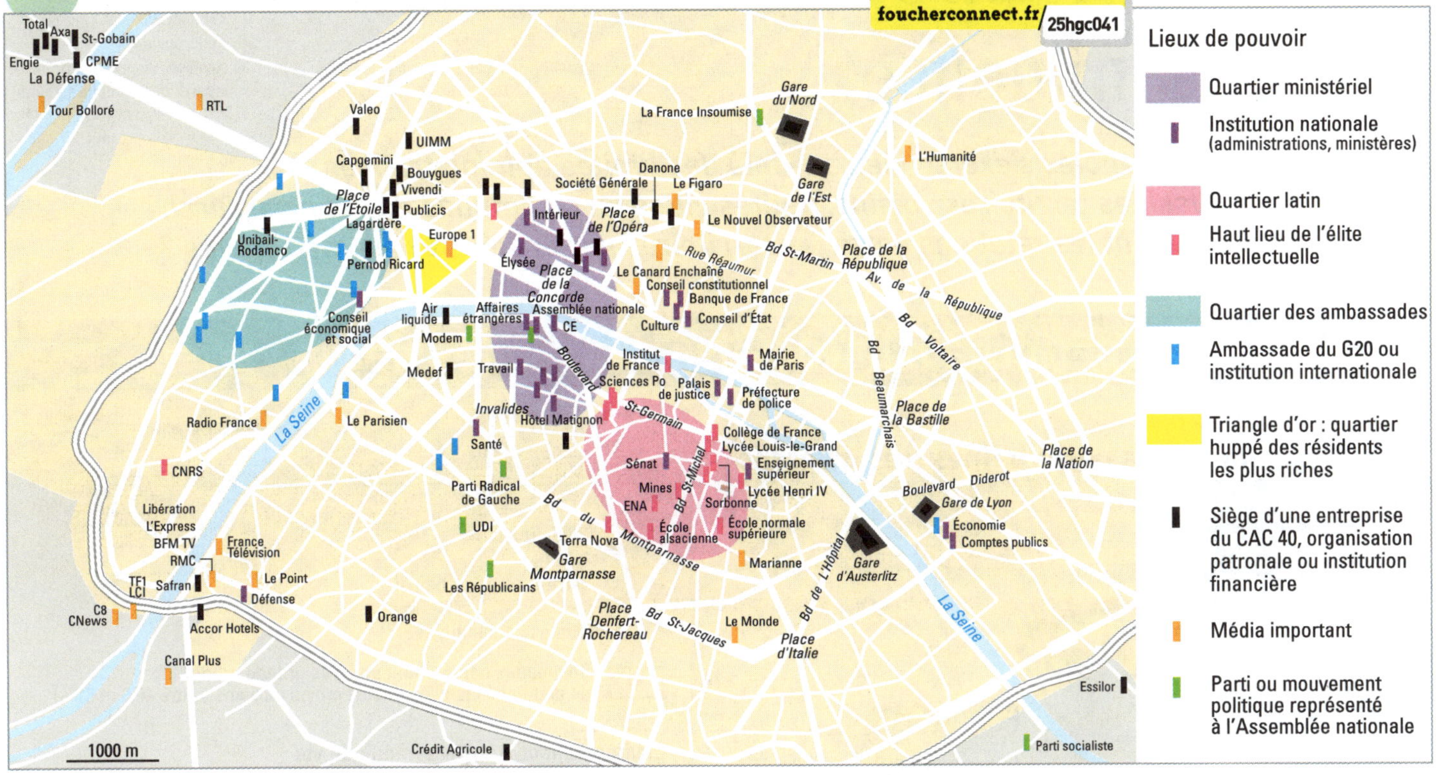

5 Doc. 3 Relevez deux exemples de lieux de pouvoir par rubrique.

– Politique : ....

– Économique / financier : ....

– Médiatique : ....

– Éducation / culture : ....

6 Doc. 3 Hachurez sur la carte la zone de concentration des pouvoirs politique et économique de la métropole parisienne.

Je fais le point sur... Des territoires urbains métropolisés

→ ***Complétez la synthèse suivante.***

La métropolisation = une recomposition des grandes métropoles françaises pour une puissance accrue.

Des pôles urbains centraux modernisés

Un exemple de quartier central rénové : ....

Un aménagement emblématique de l'audace architecturale : ....

Des aires urbaines étendues

10 pôles urbains métropolisés au centre d'aires urbaines attractives étalées sur le rural : ....

....

....

Une raison principale à la métropolisation : ....

Des activités de commandement

Deux exemples de pouvoirs concentrés dans les métropoles : ....

....

Un quartier dédié aux activités de commandement : ....

ÉTUDE 2

Des territoires périurbains sous influence

CAPACITÉS
- **Suivre** une démarche d'analyse géographique.
- **Décrire et expliquer** les mobilités du quotidien d'un habitant d'une commune périurbaine.
- **Analyser** un paysage périurbain à partir d'une image satellite.

L'influence des métropoles s'exerce bien au-delà des limites administratives et recompose aussi les territoires voisins, petites villes ou communes de l'espace rural. Comment s'organisent les relations entre les territoires périurbains et les métropoles ?

1 Habiter le périurbain bordelais : des modes de vie variés

Doc. 1 Des communes périurbaines très diverses

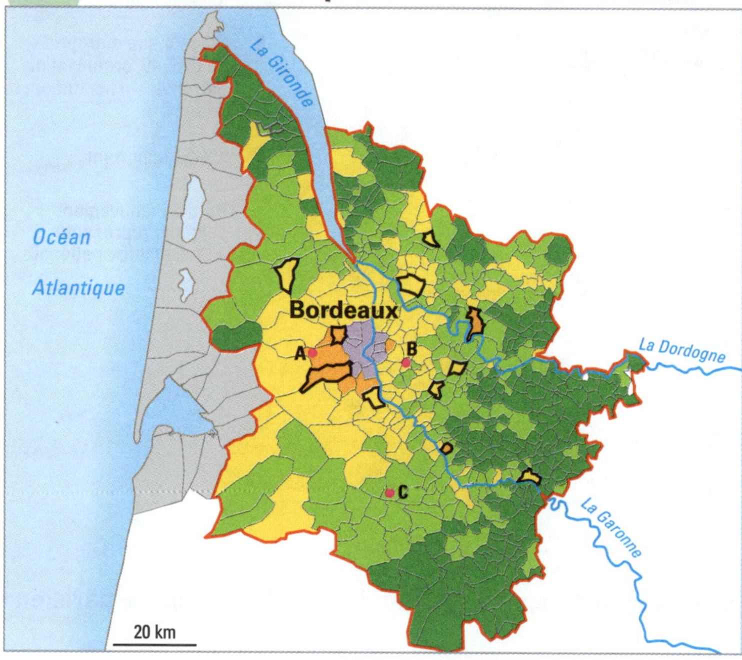

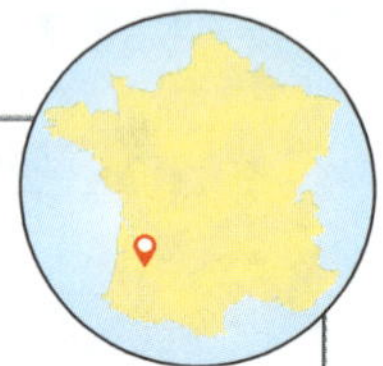

- Pôle urbain
- Territoires périurbains
- Limites communales
- Communes comprenant une très grande proportion de ménages installés depuis moins de 5 ans (entre 40,9 et 51 %)

Environnement, habitat et mode de vie
- Territoire dense, pourvu en emplois, habitat collectif sans agriculteurs
- Territoire moyennement dense, pourvu en emplois, habitat individuel sans agriculteurs
- Territoire étalé à caractère résidentiel, habitat individuel avec agriculteurs
- Territoire très étalé à caractère résidentiel, habitat individuel avec agriculteurs
- Autres communes du département

Être périurbain en Gironde, étude de l'Agence d'urbanisme Bordeaux Aquitaine, décembre 2020.

1 Doc. 1 **Parmi les affirmations suivantes, entourez-en deux correspondant aux données de la carte.**
- Les communes les plus proches de Bordeaux sont aussi les plus densément peuplées.
- Les agriculteurs sont présents dans les communes limitrophes du pôle urbain bordelais.
- L'habitat individuel domine le périurbain à l'exception des zones denses proches du pôle urbain bordelais.
- Les communes à très forte proportion de ménages récemment installés sont à moins de 10 km de Bordeaux.

Doc. 2 Une enquête sur le périurbain autour de Bordeaux

Le périurbain n'est pas, en Gironde du moins, un frustré qui n'a pas pu accéder à la ville. [...] 82 % des périurbains ont choisi de ne pas vivre en ville. Souvent, la formation d'une famille est un déclencheur. Principales motivations : recherche du calme, de la tranquillité, de la sécurité, de l'entraide et d'une forme de convivialité. [...] L'objectif étant de devenir propriétaire quoi qu'il en coûte [...]. La périurbanisation n'a pas transformé les campagnes en dortoir. Les périurbains qui travaillent dans [la métropole du] Grand Bordeaux sont minoritaires. La zone périurbaine, certes très étendue en Gironde, fournit 55 % des emplois de ceux qui y habitent.

D. Lherm, « Périurbain et heureux de l'être », *sudouest.fr*, mars 2021.

 # vidéo
Bussy-Saint-Georges, un exemple de zone périurbaine - 1,30 min
foucherconnect.fr/25hgc042

2 Doc. 1 et 2 **Recopiez ci-dessous les deux phrases du doc. 2 décrivant les territoires périurbains à la fois comme des lieux de résidence et des lieux d'emploi.**

– ....

....

– ....

....

....

3 Doc. 2 **Soulignez dans le texte les motivations des habitants attirés par le périurbain.**

4 Doc. 3 et 1 En vous aidant de la carte et de sa légende ci-contre, décrivez avec précision l'habitat visible au premier plan de cette photographie.

– Territoire urbain très dense ou à caractère rural et moyennement dense ?

....

– Habitat individuel ou collectif ?

....

– Territoire avec ou sans présence de bâtiments agricoles ?

....

5 Doc. 3 et 1 À l'aide des données recueillies à la question précédente, localisez convenablement la commune de Fargues-Saint-Hilaire sur la carte page 70.

Réponse A, B ou C : ....

Doc. 3 La commune de Fargues-Saint-Hilaire à 13 km à l'est de la gare de Bordeaux

En Gironde, les périurbains représentent 7 habitants sur 10.

Doc. 4 Un nouveau schéma des mobilités

Ces dernières années, le nombre de déplacements a fortement augmenté du fait de l'accroissement de la population (10 000 par an dans la métropole, 20 000 en Gironde) mais aussi parce que chaque habitant en réalise davantage quotidiennement [...]. Les déplacements effectués par les personnes extérieures à la métropole bordelaise sont loin d'être anodins. Ils représentent 22 % des trajets routiers et 58 % des km réalisés. Pour mieux les prendre en compte, le nouveau schéma des mobilités voit son périmètre géographique élargi et intègre différentes actions sur les flux entrants et sortants, comme le développement du RER* métropolitain comprenant le renforcement de la desserte ferroviaire et la création de nouvelles lignes de cars express, [...] la création d'aires et de voies de covoiturage, etc.

* Réseau express régional (train).

« Se déplacer demain, Schéma des mobilités 2020-2030 de Bordeaux Métropole », *Le Journal*, n° 56, www.bordeaux-metropole.fr, 4e trimestre 2021.

6 Doc. 4 Précisez les deux facteurs à l'origine de l'augmentation des déplacements dans la métropole bordelaise.

– ....

....

– ....

....

7 Doc. 4 Citez trois aménagements envisagés par les acteurs locaux afin de faire face à la hausse des mobilités périurbaines.

– ....

– ....

– ....

Ressource EDD

9. Industrie, innovation et infrastructure

ODD

foucherconnect.fr/25hgc043

8 Doc. 1 à 4 Expliquez en quelques lignes pourquoi le schéma des mobilités élargi de la métropole de Bordeaux permet de mieux répondre aux besoins des habitants des territoires périurbains.

....

....

....

....

....

 # vidéo

Le Lab périurbain - 1,30 min

foucherconnect.fr/25hgc044

2 Le périurbain, un prolongement de la métropole

Doc. 1 Un périurbain indispensable à la métropole

La crise sanitaire du coronavirus pourrait bien redorer le blason des territoires périurbains et de leurs lotissements, longtemps dépeints comme incarnations de la France « moche ». [...] L'Insee le(s) définit, quant à lui, en dépendance par rapport à la ville-centre et désigne par « communes périurbaines » celles dont au moins 40 % de la population active travaille dans un ou plusieurs pôles urbains de 1 500 emplois ou plus [...]. De nombreux universitaires invitent désormais à changer de regard [...] et à mettre l'accent sur les atouts de ces territoires qui peuvent être des poumons verts pour les métropoles dans leur proximité et des lieux de réinvention de l'action collective. Voir au-delà du périurbain consommateur de foncier et émetteur de carbone, et reconnaître sa fonction et sa nécessité.

D. Gerbeau et D. Picot, *Et si on misait enfin sur le périurbain ?*, www.lagazettedescommunes.com, mai 2020.

1 Doc. 1 **Soulignez dans le texte la totalité de la définition des territoires périurbains selon l'Insee.**

2 Doc. 1 **En vous appuyant sur une recherche en ligne, précisez quel type de paysage est régulièrement convoqué pour associer les territoires périurbains à « la France moche ».** ***(Aide possible : insérer « France moche » dans un moteur de recherche par images)***

....

....

....

Ressource EDD

15. Vie terrestre

ODD

foucherconnect.fr/25hgc045

Doc. 2 La forêt domaniale de Bouconne à proximité de Toulouse

La forêt de Bouconne accueille le public par l'aménagement de sentiers de promenade et d'équipements récréatifs, éducatifs et sportifs. Vous pouvez contribuer à la préservation de ce milieu fragile en respectant la charte du promeneur en forêt.

Brochure *Bienvenue dans l'Espace naturel sensible*, www.onf.fr, février 2021.

3 Doc. 1 et 2 **En vous appuyant sur le texte ci-dessus, indiquez pourquoi cette forêt périurbaine représente un atout environnemental pour la métropole toulousaine.**

....

....

4 Doc. 2 **Indiquez quels aménagements ont été réalisés par l'Office national des forêts pour...**

– développer la fonction de loisir : ....

– préserver la biodiversité : ....

Doc. 3 La zone d'activité aéroportuaire de Lille-Lesquin

#lien
Image satellite
foucherconnect.fr/25hgc081

Pléiades Neo © 2021 Airbus DS.

L'aéroport s'étend sur les communes de Lesquin, Fretin, Avelin et Vendeville au sud-est de la métropole.

5 Doc. 3 **Afin de mettre en évidence la diversité des activités productives présentes dans les territoires périurbains, entourez sur la photographie :**
– en vert, un espace agricole exploité ;
– en rouge, un espace dédié à la logistique ;
– en bleu, l'infrastructure reliant Lille aux autres métropoles internationales.

6 Doc. 3 **À l'aide de vos connaissances, énoncez deux exemples de nuisances environnementales quotidiennes pour les habitants proches de cette zone d'activité périurbaine.**

....

....

7 Doc. 1 à 3 **Expliquez le passage souligné dans le document 1 à partir des deux autres documents.**

....

....

....

Je fais le point sur... Des territoires périurbains sous influence

→ ***Complétez la synthèse suivante.***

La périurbanisation = des territoires sous influence de la métropole

Des territoires convoités	**L'accueil d'activités indispensables**	**Une forte pression environnementale**
Un habitat souhaité par la population :	Pour les loisirs et le besoin d'espace des habitants :	Un impact sur les paysages : ....
Un mode de vie apprécié :	Pour l'économie métropolitaine :	Un impact sur la biodiversité : ....

ÉTUDE 3

Aménager l'urbain pour un développement durable

CAPACITÉS
- **Identifier** les acteurs intervenant dans l'aménagement d'un territoire périurbain.
- **Questionner** des documents pour conduire une analyse géographique.
- **Confronter** des points de vue sur un aménagement périurbain en exerçant son esprit critique.

La croissance des métropoles consomme de l'espace. Comment aménager durablement ces territoires en conciliant les besoins des citadins et la préservation de l'environnement ?

1 La gestion de l'artificialisation des sols à Nantes

Doc. 1 La consommation d'espace des nouveaux ménages

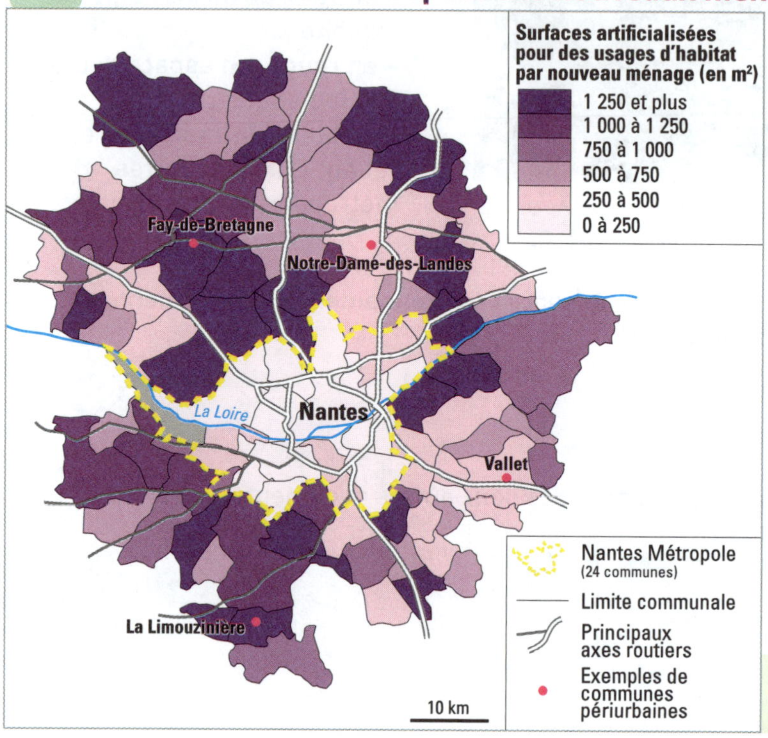

Atlas social de la métropole nantaise, asmn.univ-nantes.fr, janvier 2021.

1 Doc. 1 **Parmi les informations ci-dessous, surlignez celles correspondant aux données de la carte.**

– Les nouveaux ménages de Fay-de-Bretagne consomment plus d'espace que ceux de Vallet.
– Les nouveaux ménages de Nantes Métropole consomment plus d'espace que les autres arrivants.
– Les nouveaux ménages du sud-est de la métropole consomment moins d'espace que ceux du nord-ouest.

2 Doc. 1 **En vous basant sur la densité du bâti ou sur le coût du foncier, proposez une hypothèse pour expliquer les écarts entre les différentes communes en termes d'artificialisation par l'habitat.**

....

....

Doc. 2 Le concept de métropole compacte selon le Plan local d'urbanisme métropolitain

Organisées comme deux composantes complémentaires, et non opposées, la ville et la nature impliquent des extensions urbaines limitées [...]. Il s'agit de renouveler notre approche de l'urbanisme pour intégrer le climat, l'énergie, le cycle de l'eau et la gestion alternative des eaux pluviales, la biodiversité [...]. La métropole entend [...] limiter l'étalement urbain pour préserver les espaces agricoles, naturels et forestiers. La mobilisation de toutes les communes, chacune en fonction de ses capacités et à son échelle, doit s'inscrire dans l'objectif de rechercher dans le tissu urbain constitué des espaces de renouvellement urbain, de maîtriser les extensions urbaines et de limiter très fortement le développement des hameaux.

Extrait du Plan local d'urbanisme métropolitain (PLUm), projet d'aménagement et de développement durables, « Les valeurs du projet », p. 15, metropole.nantes.fr, 5 avril 2019.

3 Doc. 2 **Soulignez dans le texte, d'un trait, les actions envisagées par les acteurs de Nantes Métropole pour préserver l'environnement et, de deux traits, celles visant plus particulièrement la limitation de l'étalement urbain.**

 # vidéo
Le PLUm de Nantes Métropole
3,38 min
foucherconnect.fr/25hgc046

Doc. 3 Le quartier éco-conçu de la Fleuriaye à Carquefou au nord de Nantes

Outre ses 600 logements passifs et 15 000 m² de panneaux photovoltaïques (d'ici 2025), le quartier bénéficie d'activités tertiaires et d'équipements de loisirs. À gauche, un centre équestre à 800 m de l'Erdre.

 # carte interactive
foucherconnect.fr/25hgc047

4 Doc. 3 **Indiquez dans chacune des catégories du tableau ci-dessous un aménagement montrant des préoccupations environnementales dans la conception de ce quartier.**

Maintien de la biodiversité	Contribution à la transition énergétique	Maîtrise de l'étalement par l'habitat	Présence d'activités variées
....	....	....	....
....	....	....	....

Doc. 4 Un conflit d'usage à Saint-Colomban, 25 km au sud de Nantes

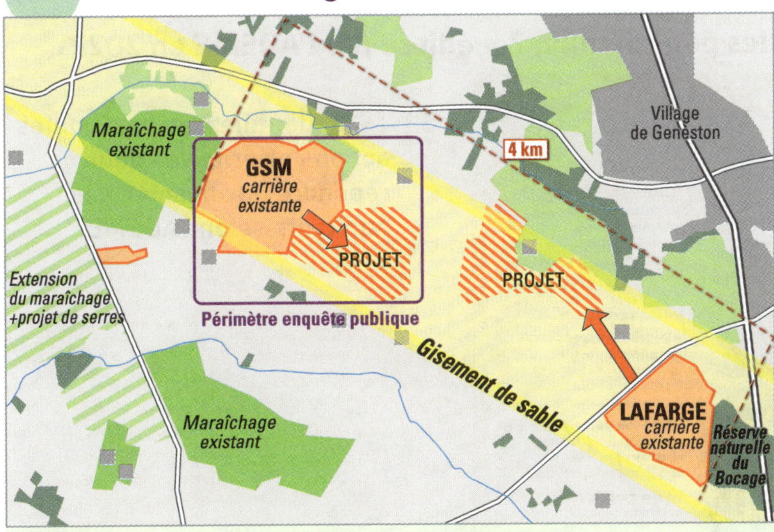

D'après le collectif *La tête dans le sable*, septembre 2024.

Sur cette zone périurbaine, les projets des maraîchers et des carriers sont soutenus par les collectivités locales mais contestés par des habitants regroupés dans le collectif « La tête dans le sable ». Ils mettent en avant le maintien de leur qualité de vie, des activités traditionnelles et de la biodiversité. En janvier 2024, l'un des deux projets d'extension des carrières de sable a été abandonné.

 # vidéo
Manifestation contre l'extension de carrières à Saint-Colomban en Loire-Atlantique - 2,12 min
foucherconnect.fr/25hgc100

5 Doc. 4 **À l'aide du document et de la vidéo, complétez le schéma ci-dessous afin de mettre en évidence le conflit d'usage territorial.**

Projet des maraîchers et des carriers :
....
....
....

↔

Conséquences pour les autres usagers du territoire :
– Recul des surfaces dédiées à ....
et à la ....
– Nuisances accrues en raison de la proximité de ....

2 La recherche d'un équilibre par l'aménagement

Doc. 1 L'objectif « zéro artificialisation nette » en 2050

Depuis la loi SRU de 2000 qui introduit la gestion économe de l'espace et la limitation de l'étalement urbain [...], l'artificialisation des sols n'a cessé de se poursuivre à un rythme soutenu avec, sur les 10 dernières années, un rythme de l'ordre de 25 000 ha/an, supérieur à la moyenne européenne. [...] Pour rompre durablement cette tendance à l'artificialisation, le plan biodiversité de 2018, puis le législateur avec la loi « Climat et résilience » du 22 août 2021, ont introduit à l'horizon 2050 l'objectif du Zéro artificialisation nette (ZAN), nouvelle arme législative pour lutter contre l'artificialisation. [...] Il devient donc urgent d'aménager autrement les territoires, en assurant un équilibre entre la préservation indispensable des espaces naturels et la densification des zones déjà urbanisées, tout en encourageant à la renaturation de certaines zones artificialisées.

Densité et sols en ville dans un contexte de déclinaison du ZAN, Centre d'études et d'expertise sur les risques, l'environnement, la mobilité et l'aménagement, www.cerema.fr, mars 2022.

1 Doc. 1 **Complétez le schéma ci-dessous à partir du texte afin de justifier l'objectif de la loi ZAN.**

Étalement urbain = un rythme d'artificialisation élevé :	→	Objectif loi Climat et résilience de 2021 :	→	Exemples d'actions pour aménager autrement :
....		....		....
....		....		....

2 Doc. 1 et 2 p. 74 **Confrontez l'objectif du plan biodiversité et de la loi Climat et résilience adoptés par l'État avec le plan local d'urbanisme métropolitain nantais. Que constatez-vous ?**

....

....

 # vidéo
Le PLUm de l'objectif zéro artificialisation - 1,29 min
foucherconnect.fr/25hgc079

Doc. 2 Un extrait de l'infographie « Quelles villes pour demain ? » éditée par l'ADEME en 2022

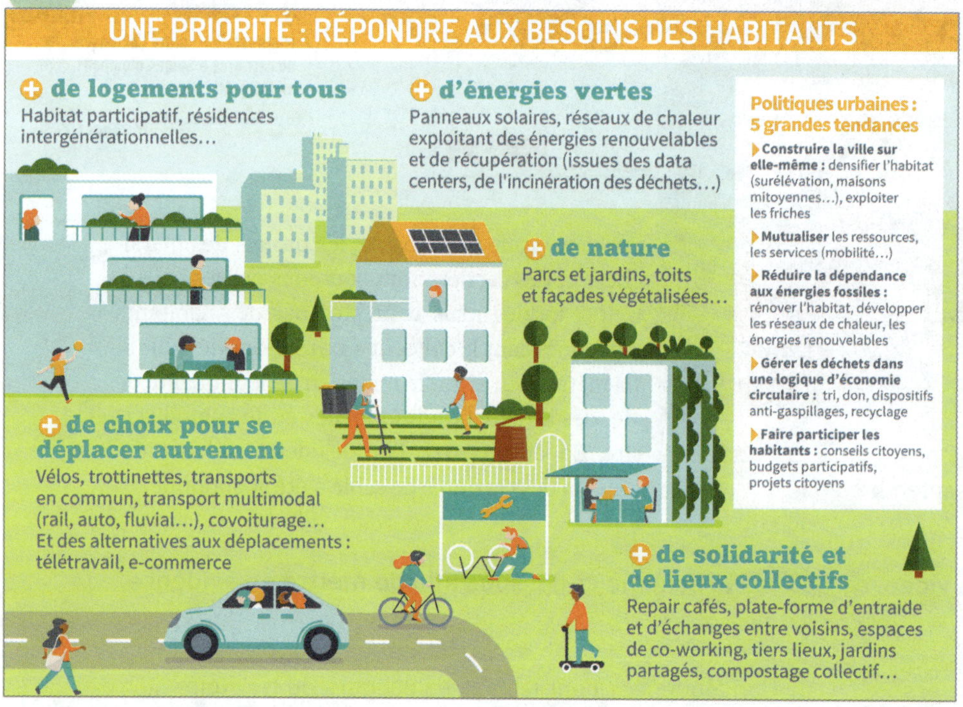

3 Doc. 2 **Identifiez les principales actions prioritaires pour répondre aux besoins des habitants selon l'ADEME.**

....

....

....

....

....

....

....

....

....

....

4 Doc. 2 **Donnez deux exemples d'aménagement envisageables par les métropoles pour s'engager dans l'objectif 7 de l'ONU.**

....

....

Ressource EDD
7. Énergies propres et d'un coût abordable
ODD
foucherconnect.fr/25hgc080

Doc. 3 Un centre logistique à proximité du port de Gennevilliers au nord de Paris

Le bâtiment à étages est équipé d'une rampe d'accès pour les poids lourds.

Doc. 4 Un nouveau village d'artisans dans l'aire d'attraction des villes de Valenciennes

Les voies de circulation et les parkings sont mutualisés.

Les zones d'activités économiques (ZAE) actuelles se sont développées sur des terrains agricoles à une époque où leur faible valeur permettait d'aménager sans contraintes de vastes parkings et aires de stockage. Aujourd'hui, les documents d'urbanisme locaux incitent à leur densification pour limiter la consommation d'espace.

*La densification des métropoles dans le contexte du ZAN**, Métropole de Rennes, novembre 2023.

* La loi Climat et résilience (2021) a fixé l'objectif d'atteindre le « zéro artificialisation nette des sols » (ZAN) en 2050.

5 Doc. 3 et 4 **Citez deux exemples de solutions envisagées pour densifier les ZAE.**

....

....

6 Doc. 3 et 4 **En prenant appui sur les documents et sur vos connaissances, expliquez en quelques lignes pourquoi ce nouvel urbanisme répond à un objectif de développement durable.**

....

....

....

Je fais le point sur… Aménager l'urbain pour un développement durable

→ *Complétez la synthèse suivante.*

Les aménagements urbains durables : un équilibre entre efficacité économique et respect de l'environnement

Des engagements pour prévenir l'artificialisation des sols et les conflits d'usage	**Des aménagements pour des métropoles plus écologiques**	**Des aménagements périurbains équilibrés pour un développement durable**
Des espaces préservés :	En matière de consommation d'énergie :	Une zone dédiée à la performance économique : ....
Des règles et documents d'urbanisme pour planifier l'étalement :	En matière d'habitat, le développement d'écoquartiers :	Une zone d'activité à l'urbanisme plus durable : ....

DIFFÉRENCIATION

Un projet d'aménagement lié à l'eau dans l'aire urbaine bordelaise

CHOISISSEZ LE PARCOURS QUI VOUS CONVIENT LE MIEUX

Doc. 1 Le projet « champ captant » de la métropole bordelaise

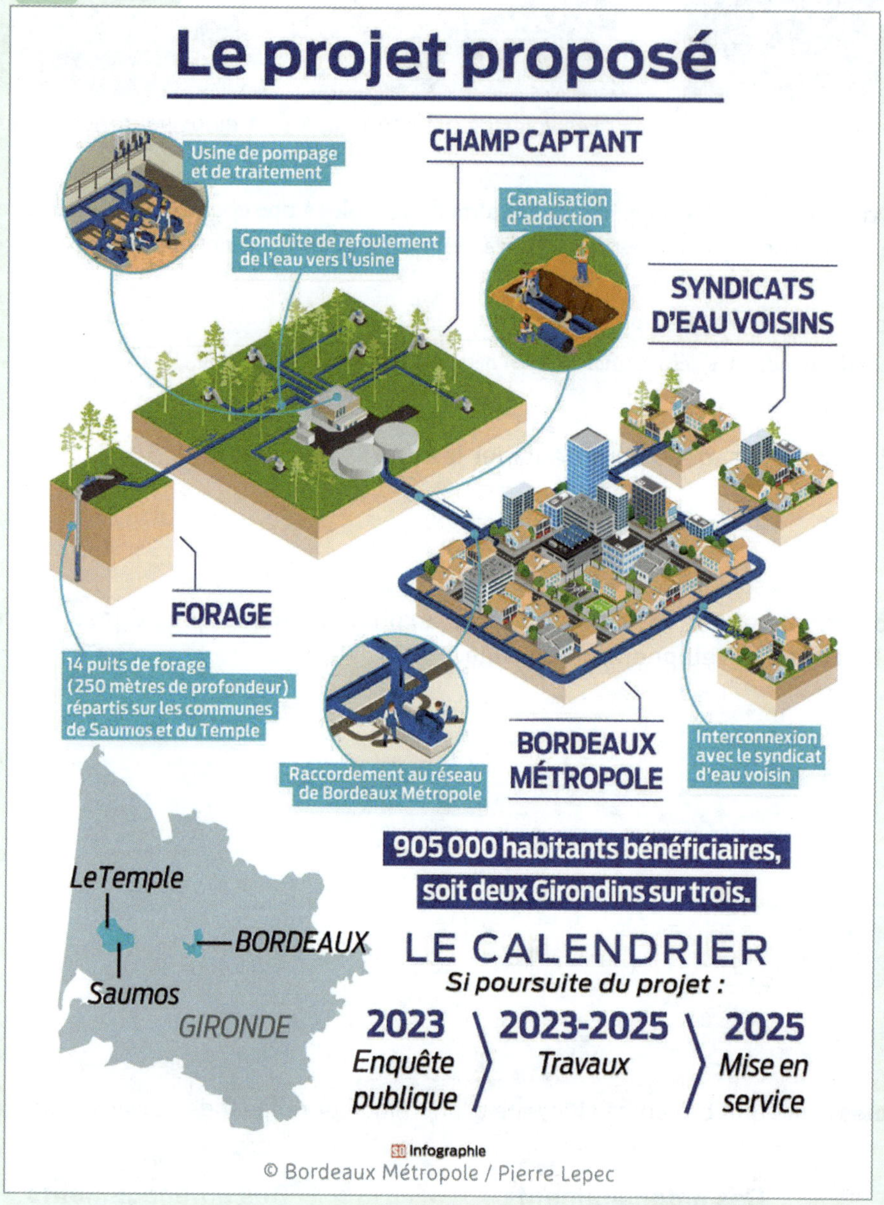

© Bordeaux Métropole / Pierre Lepec

PARCOURS autonome

→ Situez le territoire retenu pour l'aménagement d'un captage d'eau au bénéfice des habitants de Bordeaux Métropole.

....

....

....

....

....

Rédiger

→ À partir du document et de vos connaissances, expliquez d'abord les raisons de cet aménagement, puis, les questions de développement durable qu'il soulève à l'échelle de l'aire urbaine bordelaise.

....

....

....

....

....

....

....

....

....

PARCOURS **accompagné**

Docs. complémentaires

Une opposition au projet très active

Pour subvenir à ses besoins en eau, la métropole d'Aquitaine, qui voit ses nappes profondes s'épuiser, a mis en place un projet de champ captant sur la presqu'île du Médoc. Mais associations écologistes et sylviculteurs s'inquiètent des conséquences de ces prélèvements pour les écosystèmes locaux et la forêt.
Si rien n'est fait, la quantité d'eau récoltée [...] pourrait devenir insuffisante pour répondre aux besoins des habitants dans un futur proche. Sa qualité pourrait également se dégrader. Une menace qui résonne d'autant plus que les épisodes de sécheresse n'ont jamais été aussi fréquents et précoces.
[...] La plupart des nappes déficitaires se trouvant à l'est de Bordeaux, dans l'agglomération et le Libournais, les regards se tournent depuis la fin des années 90 vers la presqu'île du Médoc, un territoire rural enclavé, touché par la pauvreté, la raréfaction des services publics et le manque d'attractivité, mais riche en eau de surface.

E. Fonteneau, *Ressources en eau à Bordeaux : nappe ou pas nappe ?*, www.liberation.fr, juin 2023.

Photographie de Julien Lestage pour Sud Ouest, février 2022.

1 → Nommez l'ensemble des acteurs concernés par ce projet « champ captant ».

....

....

....

....

2 → Soulignez dans le texte les raisons qui poussent à la mise en œuvre de ce projet d'aménagement au profit de Bordeaux Métropole.

3 → Surlignez le passage du texte décrivant le territoire pressenti pour accueillir le projet de captage.

4 → **Bilan :** Afin de présenter les données de ce conflit d'usage posé par le développement durable de l'aire urbaine bordelaise, renseignez le tableau en puisant dans les propositions ci-dessous :

Préserver la ressource et les activités traditionnelles.
Construction en zone périurbaine de 14 puits de forage pour alimenter en eau la métropole de Bordeaux.
Présence de banderoles exprimant l'opposition au projet.
Sécuriser l'approvisionnement en eau pour répondre à la demande d'une population en augmentation.

La description du projet « champ captant » initié par Bordeaux Métropole :	
L'enjeu **économique et social** du projet pour Bordeaux Métropole	....
L'enjeu **économique et environnemental** du projet pour les communes périurbaines	....
Un signe des tensions entre acteurs métropolitains et périurbains	....

Analyser un paysage périurbain à partir d'une image satellite pour réaliser le croquis d'un aménagement

L'épreuve de VTT des JO de Paris en 2024.

Située à moins de 30 km à l'ouest des portes de Paris, la « colline de la revanche » à Élancourt a été aménagée pour accueillir l'épreuve de VTT des Jeux olympiques. Point culminant du département de l'Île-de-France (231 m), ce site artificiel a connu d'autres usages avant de devenir un lieu de détente verdoyant pour les Franciliens, à la suite de travaux qui se poursuivront jusqu'en 2025.
Comment l'aménagement de cette zone de loisirs illustre la contribution des territoires périurbains au développement durable des métropoles ?

1 J'enquête pour connaître la recomposition du paysage

Le projet de réhabilitation du site.

La gazette de Saint-Quentin-en-Yvelines, lagazette-sqy.fr, mars 2023.

1 **Dressez une liste des différents aménagements prévus dans ce parc situé sur le territoire de la commune de Saint-Quentin-en-Yvelines.**

....

....

....

....

....

....

2 **Après avoir consulté l'étude du site réalisée par l'IGN (QR-code ci-contre), dressez la liste des différents usages de ce lieu au fil du temps.**

#lien
Étude du site de la colline d'Élancourt
foucherconnect.fr/25hgc102

....

....

....

....

....

3 **En prenant appui sur les connaissances acquises dans ce chapitre, expliquez pourquoi cet aménagement contribue à l'objectif de développement durable 11 de l'ONU.**

Ressource EDD
11. Villes et communautés durables
ODD
foucherconnect.fr/25hgc103

....

....

....

....

2 Je repère les éléments d'intégration du site *dans l'organisation métropolitaine*

Doc. 1 Une image satellite de ce site périurbain intégré à la métropole

Échelle 1/10 000.

© PLÉIADES/CNES 2024, Distribution Airbus DS.

4 **En reprenant les éléments de représentation indiqués ci-dessous, délimitez sur l'image satellite :**
les zones périurbaines d'habitat pavillonnaire ;
les zones d'activités, marquées par la présence de bâtiments industriels et commerciaux ;
les autres zones dominées par les espaces verts (forêt, autre aménagement de loisirs en cours de création, agriculture).

5 **Afin de repérer les accès à la zone de loisirs de la colline d'Élancourt, tracez la voie routière principale par un trait rouge épais et les voies routières secondaires par un trait plus fin.**

6 **Matérialisez par des cercles rouges les ronds-points et échangeurs routiers.**

7 **En vous aidant de la photographie de la partie 1 et en choisissant des représentations adaptées, positionnez quelques éléments illustrant les activités offertes par la zone de loisirs.**

■ **Aide : le langage cartographique**

Types de figuré	Moyens graphiques	Représentations
Les figurés de surface	▮▮▮▮ ou ▨▨▨	Zone dédiée à une utilisation particulière, plus ou moins intense, de l'espace : agriculture, industrie…
Les figurés ponctuels	□ △ ▽ ◇ ☆ ● 🚲 🚶	Localisation précise d'un lieu : ville ou centre-ville
Les figurés linéaires	⟶ ⟷ ⟷	Frontière, limite, trajet Flux, axe de transport, interface

3 Je réalise le croquis explicatif
de la situation géographique

8 Complétez la légende ci-dessous en vous appuyant sur les éléments d'analyse déterminés aux questions 4 à 7.

9 Réalisez votre croquis avec soin dans le cadre prévu.

Titre : ……………………………………………………………………………………………………

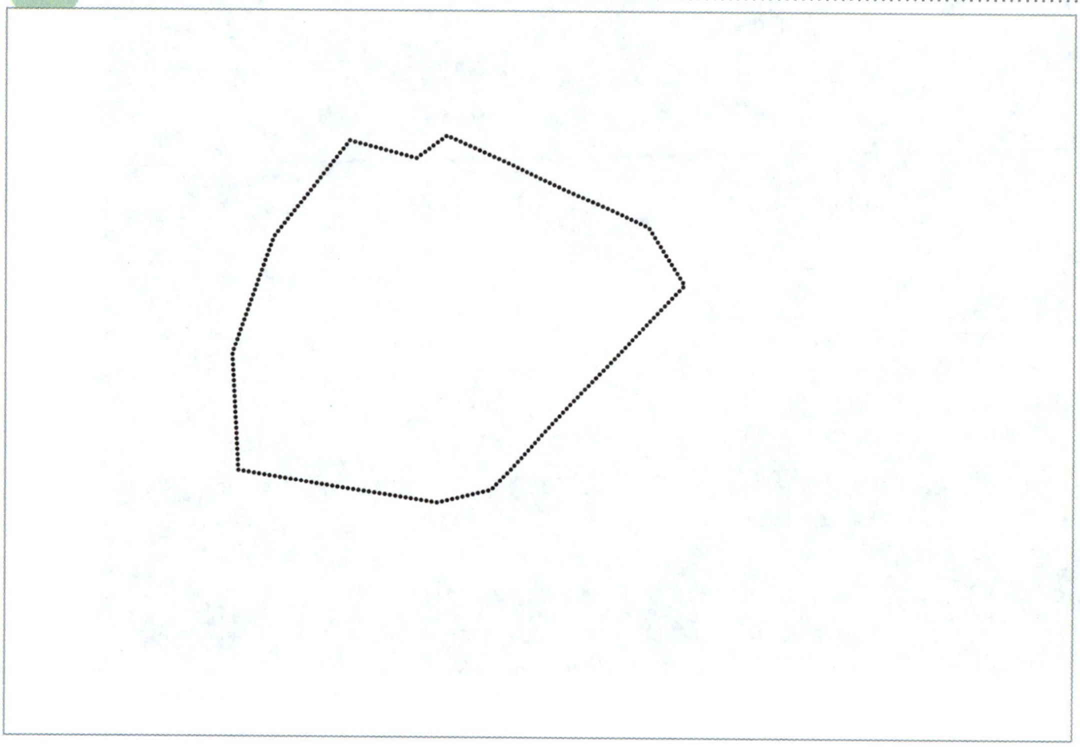

Légende :

Le site dans son environnement périurbain	
	Le périmètre de la colline
	……………………………………………………
	……………………………………………………
	La préservation d'espaces verts

Les équipements de loisirs de la colline	
	Les sentiers aménagés
randonnées parcours VTT Parcours pédagogique	Les principales activités

Les accès à partir de Paris	
	Les échangeurs routiers
	L'autoroute
	Les voies d'accès secondaires

La recomposition du territoire urbain en France : métropolisation et périurbanisation

Des territoires urbains métropolisés

• **À l'échelle des métropoles, la mondialisation agit comme un puissant facteur de recomposition**. Les centres-villes sont de plus en plus connectés au monde en raison de la concentration des fonctions supérieures et décisionnelles dans la finance, l'administration et la gestion des entreprises transnationales.

• **Le paysage des grands pôles urbains se renouvelle** avec l'émergence de quartiers à l'architecture futuriste (tours, design innovant). Ces activités attirent une population de plus en plus nombreuse de sorte que la ville, après s'être densifiée, s'étale sur l'espace rural proche : les espaces périurbains accueillent des équipements modernes, mais aussi des zones d'activité, de loisirs, et des quartiers résidentiels reliés par de véritables autoroutes urbaines.

Des territoires périurbains sous influence

• **L'influence des métropoles sur les territoires voisins conduit à la formation de vastes aires urbaines**. La périurbanisation est nourrie à la fois par l'afflux de population rurale et par le désir des citadins d'habiter à la campagne. Elle touche des catégories socioprofessionnelles variées et s'identifie souvent par ses formes caractéristiques : les lotissements pavillonnaires.

• **L'attractivité du pôle urbain s'y exerce à des degrés divers**. Les ménages en adoptent parfois le mode de vie et y exercent leurs activités professionnelles. Cela génère d'importantes mobilités, notamment automobiles. Les espaces périurbains accueillent aussi des activités productives métropolitaines (industrie, logistique) qui contribuent à l'artificialisation des sols. Ce prolongement de la ville est moins marqué à l'écart des grands axes de communication.

Aménager l'urbain pour un développement durable

• **La généralisation de ce mode de vie exerce une forte pression sur l'environnement**, contribue au réchauffement climatique. C'est pourquoi les acteurs de l'aménagement s'engagent à répondre aux objectifs de développement durable (ODD). Ils réservent des espaces verts au cœur des zones à forte densité, favorisent les énergies renouvelables, multiplient les écoquartiers et les infrastructures de transports collectifs. Les zones d'activité sont repensées et intègrent progressivement des préoccupations plus écologiques.

• **Les aménageurs se soucient désormais du contrôle de l'étalement urbain**. Sous l'impulsion de l'État, la législation donne les moyens d'agir aux élus locaux. Les documents d'urbanisme imposent désormais une densification du bâti existant et sont attentifs aux conflits d'usage, avec les agriculteurs notamment. La mise en application du plan biodiversité et de l'objectif « zéro artificialisation nette » en 2050 conduit aujourd'hui à envisager la renaturation des sols.

Mémo> **AUDIO**

foucherconnect.fr / 25hgc082

Mots-clés

- **Aire urbaine** : ensemble de communes constitué d'un pôle urbain (unité urbaine qui offre plus de 1 500 emplois) et des couronnes périurbaines. Cette délimitation établie à partir de données statistiques est désormais remplacée pour celle d'aire d'attraction des villes (AAV).
- **Conflit d'usage** : conflit entre des acteurs dont l'enjeu est l'appropriation d'un espace ou d'une ressource.
- **Espace périurbain** : espace aux formes d'habitat diversifiées, dont au moins 40 % des actifs travaillent dans un pôle urbain de plus de 1 500 emplois.
- **Espace rural** : espace de faible densité dont le paysage est dominé par la végétation et l'agriculture.
- **Objectifs de développement durable (ODD)** : adoptés par l'ONU en 2015, les 17 ODD déterminent le programme de développement durable à l'horizon 2030.

Les entreprises transnationales : se regroupent dans les métropoles pour gagner en visibilité

• Les **entreprises transnationales** sont des acteurs majeurs de la mondialisation. Leur présence dans les **quartiers d'affaires des métropoles** génère de nombreux autres emplois industriels et de services dans les aires urbaines.

Les tours du quartier d'affaires de la Défense à Paris.

Les populations : affluent vers les métropoles pourvoyeuses d'emplois

• En France, **55 millions de personnes** vivent désormais dans l'une des 699 aires d'attraction des villes.

• Par choix ou lorsque le pôle urbain central est inaccessible, la population s'installe dans les **quartiers périphériques** et, de plus en plus, dans les **pôles urbains secondaires** ou les **villages voisins** de la métropole. Cette urbanisation génère d'intenses mobilités quotidiennes.

Quartier de Brest.

Les élus locaux : aménagent des villes de plus en plus étalées sous le contrôle de l'État

• **Les élus** des **métropoles** comme ceux des **territoires périurbains** ont pour mission de construire des aires urbaines harmonieuses et équilibrées.

• Ils favorisent le **développement économique**, répondent aux besoins des habitants en matière de **services**. Ils se soucient aussi de la **qualité de l'environnement** en application des lois et **règlements nationaux et européens**.

Un investissement de la communauté urbaine du Grand Reims.

L'ONU : encourage tous les acteurs à s'engager dans les objectifs de développement durable

• Avec l'**Agenda 2030**, l'ONU « porte l'ambition de **transformer notre monde** en éradiquant la pauvreté et les inégalités, en assurant sa transition écologique et solidaire ».

• Comme tous les pays, **la France** inscrit le développement des villes dans ce cadre et doit rendre compte annuellement de ses progrès et de son engagement.

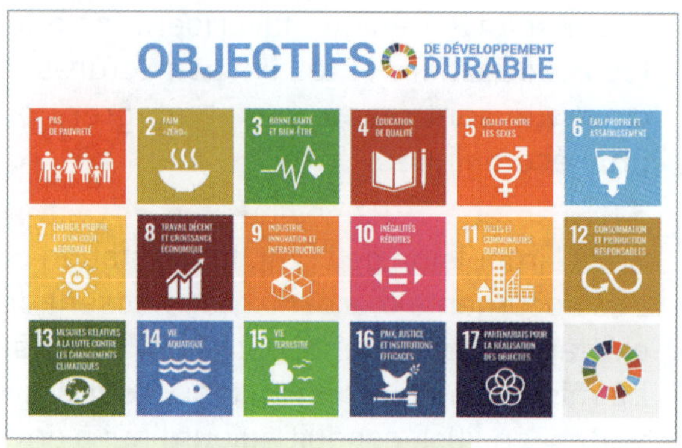

La présentation des 17 « ODD ».

JE MOBILISE MES CONNAISSANCES

Complétez le schéma ci-dessous en vous aidant des informations contenues dans le thème.

 # vidéo
Objectif « zéro artificialisation nette » - 4,08 min
foucherconnect.fr/25hgc083

② Une périurbanisation dynamique

– Des territoires convoités par différentes populations :

....

....

– L'essor d'un habitat caractéristique :

....

– Des aménagements au service des villes :

....

....

③ Un étalement urbain insuffisamment maîtrisé

– Des mobilités vers les pôles urbains mal assurées :

....

....

– Des effets néfastes sur l'environnement :

....

....

– Des conflits d'usage liés à une concurrence territoriale :

....

① Une métropolisation liée à la mondialisation

– Des exemples de villes métropolisées et attractives à l'échelle de vastes aires urbaines :

....

– Des fonctions métropolitaines supérieures concentrées dans le pôle urbain central :

....

– Des quartiers transformés, symboles de la puissance :

....

④ Des aménagements pour un développement durable

– Des réalisations pour préserver l'environnement dans les métropoles et les espaces périurbains :

....

– Des dispositifs impulsés au niveau national pour contrôler l'artificialisation des sols :

....

....

– Un programme de développement durable mondial à l'horizon 2030 adopté par l'ensemble des États membres de l'ONU :

....

Projet « L'organisation de ma filière dans l'aire urbaine »

Exemple en filière ASSP : connaître les conditions d'accès à la médecine générale à Metz

Doc. 1 La répartition des cabinets de médecine générale dans la métropole de Metz (229 000 hab. en 2021)

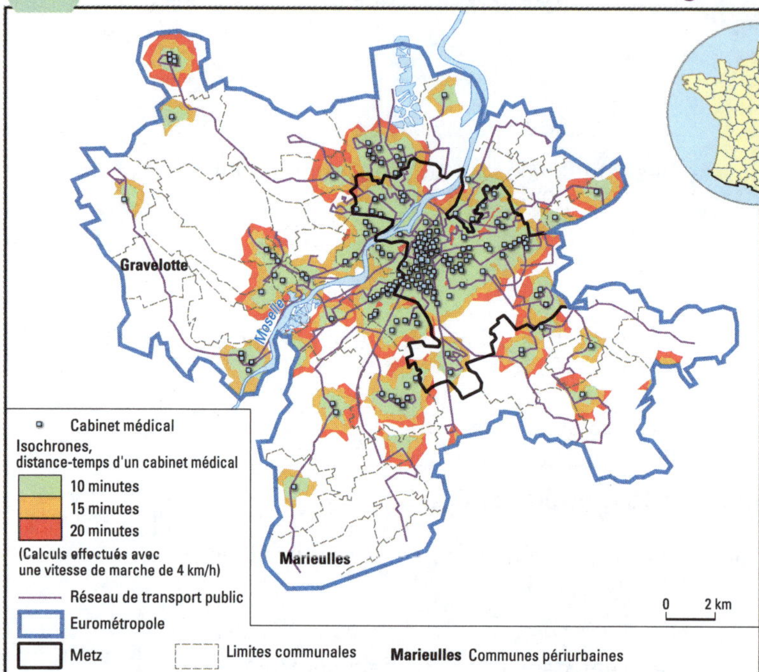

À Metz, le nombre de médecins généralistes pour 10 000 habitants varie de 22,9 dans l'hypercentre à 3,9 pour les quartiers périphériques les moins bien dotés (12,4 sur l'ensemble du département de la Moselle à la même date).

Contrat local de santé de Metz www.aguram.org, janvier 2021.

1 Doc. 1 Les contrats locaux de santé, élaborés conjointement par les Agences régionales de santé (ARS) et les collectivités territoriales, visent l'amélioration et la rationalisation des offres de soins. À partir de la carte fournie, qualifiez l'offre en médecins généralistes dans le pôle urbain central (Metz).

……………………………………………………

……………………………………………………

……………………………………………………

……………………………………………………

……………………………………………………

……………………………………………………

……………………………………………………

……………………………………………………

2 Doc. 1 Qualifiez l'accès à la médecine générale dans les communes périurbaines (Gravelotte ou Marieulles).

……………………………………………………

……………………………………………………

……………………………………………………

Doc. 2 Des pistes pour repenser l'offre de soins dans la métropole

Bien que les transports en commun constituent un début de solution dans le périmètre métropolitain, le problème [est] que la population de ces zones est parfois très âgée. [...] Une première option serait [...] de créer des infrastructures complémentaires, constituant une offre complète en matière de santé, d'encourager les jeunes praticiens à s'installer dans les zones les moins bien dotées.

J. Febvay, « Comment la Métropole veut repenser son offre de soins », www.lasemaine.fr, juillet 2022.

3 Doc. 2 Soulignez dans le texte : en bleu, la catégorie de population la plus vulnérable face à l'offre de soins actuelle, en vert, les solutions envisagées pour un accès plus égalitaire à la médecine générale.

4 Doc. 1 et 2 À partir de vos connaissances, éventuellement complétées d'une recherche sur internet, proposez des aménagements possibles pour répondre aux besoins des habitants de la métropole.

……………………………………………………

Enquêter sur la place de ma filière professionnelle dans une aire urbaine

5 Complétez le tableau ci-dessous afin de montrer l'importance de votre filière professionnelle dans le fonctionnement métropolitain.

Ma spécialité de bac pro	....	Métropole de l'aire urbaine proche de mon établissement	....
Les entreprises de l'aire urbaine exerçant dans ma filière professionnelle			
Des exemples d'entreprises ou de services leaders de la filière au sein du territoire		Localisation privilégiée des entreprises : pôle urbain central ? Zones périurbaines ?	
....		....	
Carte ou croquis de localisation des établissements : entrez le « nom de la filière » associé à celui de la métropole dans un moteur de recherche Internet et effectuez une capture d'écran de leur localisation sur une carte en ligne.			
....			

6 Expliquez la localisation d'un site productif dans l'aire urbaine.

Photographie aérienne, carte, image satellite d'un site de l'aire urbaine ou de la métropole dédié à la filière	Justification/explication de l'intérêt du site dans le territoire métropolitain
....	....

J'ÉVALUE MES COMPÉTENCES...

CAPACITÉS MOBILISÉES

- Questionner un document pour conduire une analyse géographique.
- Confronter le savoir acquis en géographie avec ce qui est lu.
- Justifier des choix, exercer son esprit critique.

Géographie **THÈME 1**

La recomposition du territoire urbain en France : métropolisation et périurbanisation

> À l'issue de l'étude du thème, je révise et je m'entraîne sur des capacités du programme.

Ressource EDD

13. Lutte contre les changements climatiques

foucherconnect.fr/25hgc104

Doc. 1 Une délibération du Conseil métropolitain de Dijon en date du 23 mars 2023

Les épisodes de chaleur extrême et de sécheresse sont de plus en plus fréquents. Ils impactent nos ressources en eau, la biodiversité, les productions agricoles, mais également la santé des habitants. L'évolution de notre modèle de production et de consommation d'énergie est au cœur des enjeux en matière de réduction de nos émissions de gaz à effet de serre. [...]

La politique écologique et sociale mise en œuvre par la métropole depuis 20 ans permet aujourd'hui au territoire de mieux s'adapter et d'amortir les chocs de ces grands changements.

La création de deux lignes de tramway, la piétonnisation, le développement des pistes cyclables, la création d'un réseau de chaleur alimenté à 70 % par les énergies renouvelables, la construction d'une centrale solaire sur un ancien site d'enfouissement de déchets, le projet hydrogène, l'accompagnement à la rénovation thermique des bâtiments des bailleurs sociaux, la construction d'une quinzaine d'écoquartiers, [...] etc. sont autant d'atouts dont disposent la métropole et ses partenaires, pour faire face au défi climatique et préserver la cohésion sociale. Les émissions de gaz à effet de serre ont déjà reculé de 23 % entre 2010 et 2020. [...]

La réalisation du Plan climat air énergie territorial (PCAET) est ainsi une opportunité pour notre territoire de poursuivre cette ambition et de construire collectivement, avec les habitants et parties prenantes, une ville bas carbone désirable, en tenant compte des enjeux économiques et sociaux et tout en s'appuyant sur l'innovation.

Allant au-delà du cadre réglementaire, la métropole ajoutera deux dimensions essentielles à la poursuite de ces objectifs et qui correspondent à de grandes politiques qu'elle porte : l'alimentation durable et la préservation de la biodiversité.

Délibération relative au lancement du Plan climat air énergie territorial, www.dijon-metropole.fr, mars 2023.

Doc. 2 Un extrait du *Rapport développement durable* de Dijon Métropole

Les actions de la collectivité sont certes locales, elles s'inscrivent néanmoins dans une dimension globale. C'est pourquoi [Dijon Métropole] a décidé de présenter les actions sous le double prisme des 5 finalités du développement durable, détaillées ci-dessous, et des 17 objectifs de développement durable (ODD).

Rapport développement durable 2023, pages 4 et 5, www.dijon-metropole.fr, décembre 2023.

... VERS L'EXAMEN

1 Doc. 1 **Soulignez dans le texte sur quel document d'urbanisme porte la délibération du conseil.**

2 Doc. 1 **À l'aide du document et de vos connaissances, précisez les caractéristiques de la collectivité émettrice de ce document.**

....

....

....

3 Doc. 1 **Complétez le schéma ci-dessous en prenant appui sur la délibération de Dijon Métropole.**

Constat des menaces liées au réchauffement climatique :

....

....

....

....

....

→

Aménagements déjà réalisés pour répondre au défi environnemental

1. Dans le domaine des mobilités urbaines durables :

....

....

....

2. Dans les domaines de la transition énergétique et de l'habitat durable :

....

....

4 Doc. 1 et 2 **En croisant les informations des documents, complétez le tableau ci-dessous :**

Nouveaux objectifs du PCAET de Dijon-Métropole en 2023	Finalités de l'action métropolitaine	Objectifs de développement durable (ODD) poursuivis
....	....	....
....	....	....

5 Doc. 1 et 2 **En prenant appui sur un exemple d'aménagement issu des documents ou de vos connaissances, justifiez en quelques lignes l'affirmation ci-dessous extraite du document 2.**

« Les actions de la collectivité sont certes locales, elles s'inscrivent néanmoins dans une dimension globale. »

....

....

....

....

....

....

L'Afrique, un continent en recomposition

Du fait de la mondialisation, l'Afrique connaît de profondes mutations, mais celles-ci n'opèrent pas de la même manière partout et le développement n'est pas homogène sur le continent. Quelles sont les nouvelles dynamiques spatiales ?

Je DÉCOUVRE

L'expressway à Nairobi : l'autoroute (inaugurée en 2022) relie le centre d'affaires de la capitale (visible sur la photo) à l'aéroport pour décongestionner la circulation. D'un coût de 670 millions de dollars, elle a été financée en grande partie par une entreprise chinoise (China Road and Bridge Corporation).

Localisez cette photographie.

....

....

Expliquez pourquoi cette image est révélatrice de l'insertion de l'Afrique dans la mondialisation.

....

....

....

....

....

Je me REPÈRE

Complétez la légende et entourez le Kenya évoqué dans la page précédente.

- ☐ PMA (pays les moins avancés)
- ☐ Pays émergents
- Région du Maghreb
- Région appelée la Corne de l'Afrique

Je COMPRENDS

La perception des réalités africaines est bien souvent catastrophiste et revient régulièrement sur les « malédictions » qui frappent le continent (famines et pénuries, épidémies, guerres et guérillas, catastrophes et aléas naturels de toute nature, etc.) et sur les nombreux déficits (éducatifs, démocratiques, de gouvernance, etc.) qui le pénalisent. L'afro-pessimisme radical de certains est nourri de l'idée qu'il y a des blocages entretenus par les Africains eux-mêmes, qu'aucune aide au développement ne suffira à surmonter. Violences, conflits, mauvaises gestions, corruption, trafics illicites et mafieux feraient partie d'une africanité indépassable. [...]

À cet afro-pessimisme tente de s'opposer une vision plus positive des réalités africaines, sur la base de l'énergie, des capacités créatives, imaginatives et d'adaptation des sociétés africaines. Le processus de mondialisation qui bénéficie actuellement au développement de nombreux pays de la planète pourrait, sous certaines conditions d'accompagnement et d'aide, bénéficier aussi à l'Afrique subsaharienne.

Sylviane Tabarly « Afro-pessimisme », glossaire de *Géoconfluences*, https://geoconfluences.ens-lyon.fr/glossaire/afro-pessimisme, 2006.

Cochez la proposition qui résume le mieux l'idée générale de ce texte.

- ☐ L'Afrique est marquée par un ensemble de problèmes qui paraissent insolubles et elle reste en marge de la mondialisation.
- ☐ L'Afrique est confrontée à de nombreux défis (conflits, corruption, pauvreté, manque d'équipements...), mais c'est un continent varié avec de réels atouts et la mondialisation peut lui être bénéfique.
- ☐ La mondialisation permet à l'Afrique de se développer et de surmonter de nombreuses difficultés.

ÉTUDE 1

Les défis du continent africain

CAPACITÉS
- **Identifier** les notions dans une ou plusieurs situations.
- **Situer** quelques ressources stratégiques.

Avec un territoire vaste et une population importante (1,4 milliard d'habitants, deuxième continent derrière l'Asie), l'Afrique connaît une croissance économique, mais reste pauvre.
Quels défis lui reste-t-il à relever ?

Ressource EDD
7. Énergie propre et d'un coût abordable
ODD
foucherconnect.fr/25hgc048

1 Des atouts

Doc. 1 D'importantes ressources

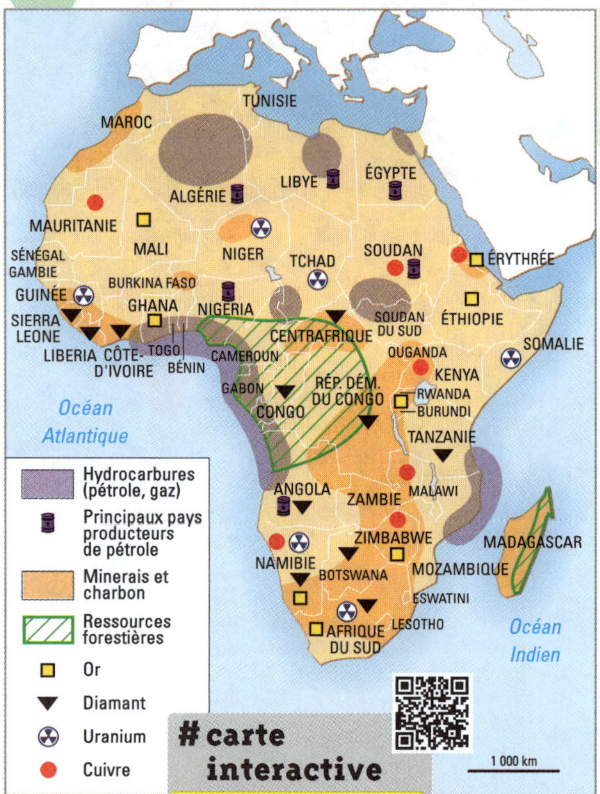

 # carte interactive
foucherconnect.fr/25hgc049

L'Afrique est riche en matières premières (agricoles, énergie, minerais...), mais ces richesses partent sous forme brute pour souvent revenir en produits transformés, toute la valeur ajoutée (transformation) se faisant dans d'autres pays.

1 Doc. 1 Classez les ressources africaines.

....

....

....

2 Doc. 1 Expliquez pourquoi certains espaces sont convoités.

....

....

....

....

3 Doc. 1 Dites pourquoi l'Afrique ne profite pas assez de ses ressources.

....

....

Doc. 2 La démocratisation du continent africain

Depuis au moins trente ans, sous l'effet des bouleversements mondiaux, les pays africains se sont massivement dotés de culture électorale et les élections ont largement remplacé les coups d'État comme moyens de changement de régime. Mais la persistance de pouvoirs autoritaires ou semi-autoritaires ainsi que le dernier coup de force au Mali montrent que ces évolutions restent fragiles. [...]

Alors qu'au début des années 1990, l'Afrique se targuait d'avoir seulement trois démocraties sur les 53 pays que comptait alors le continent, aujourd'hui [...] on trouve pas moins d'une dizaine de pays qu'on pourrait qualifier de « démocraties matures » qui connaissent des alternances de partis au pouvoir, des élections libres et transparentes et un parlementarisme actif. [...]

La pratique de la démocratie électorale est entrée dans les mœurs. « *Depuis les années 1990, tous les États du continent ont instauré un processus électoral pluraliste avec la mise en concurrence des candidats, à l'exception de l'Érythrée. On compte ainsi chaque année une vingtaine d'élections sur tout le continent. Le système électoral fait partie du paysage africain, de la vie politique locale* », explique le chercheur et ancien diplomate Pierre Jacquemot, qui vient de publier un essai sur l'avènement de la démocratie électorale en Afrique. [...]

On constate une véritable aspiration populaire pour la démocratie en Afrique aujourd'hui. Selon un sondage effectué dans 34 pays en 2019 par Afrobaromètre, l'institut de sondages et de recherche sur la gouvernance en Afrique, 68 % des sondés déclarent vouloir vivre dans des sociétés ouvertes et libres.

Mais « *rares sont les scrutins africains qui respectent les règles formelles de la démocratie électorale*, se lamente Pierre Jacquemot dans son essai. *Les manipulations à chaque étape du cycle électoral prennent diverses formes* ».

Tirthankar Chanda, rfi.fr, 26 septembre 2020.

4 Doc. 2 Montrez que la démocratie a progressé en Afrique.

....

....

5 Doc. 2 Soulignez, dans le texte, les limites à cette démocratisation.

Doc. 3 Le développement du tourisme

#vidéo
Le tourisme en Afrique contre les clichés - 2,34 min
foucherconnect.fr/25hgc050

#lien
Site UNESCO (patrimoine)
foucherconnect.fr/25hgc051

Extrait du site Internet de l'Office du Tourisme de Guinée
L'Afrique a connu ces dernières années une hausse régulière de ses visiteurs, liée notamment au renforcement de la sécurité et au développement d'infrastructures (transports, hôtellerie...). Cet essor a été freiné en 2020-21 par la crise du covid. Les pays les plus visités sont le Maroc, l'Afrique du Sud, l'Égypte, la Tunisie, le Kenya, la Tanzanie...

6 Doc. 3 Indiquez quel est l'auteur de ce document et son but.

....

....

7 Doc. 3 Listez les arguments touristiques mis en avant dans ce document.

....

Doc. 4 Le défi de la transition démographique

C'est le XXe siècle qui a apporté une révolution démographique en Afrique. Aujourd'hui, sa population totale se monte à quelque 1,4 milliard d'individus – elle a été multipliée par plus de dix en l'espace d'un siècle –, et elle devrait poursuivre sa croissance au fil des prochaines décennies.
Rien que dans les années 2040, 566 millions d'enfants devraient naître en Afrique. Au milieu du siècle, il y aura plus de naissances en Afrique qu'en Asie, et les Africains constitueront le plus grand groupe au monde de personnes en âge d'activité maximale [de 24 à 54 ans]. [...] La population d'Afrique devrait dépasser les 4,2 milliards d'habitants d'ici à 2100. Les Africains représenteront alors 40 % de la population mondiale. [...]

Ces chiffres vertigineux ont tendance à provoquer des réactions enflammées. D'un côté, ils suscitent des discours catastrophistes au racisme à peine voilé à l'idée d'un raz-de-marée de migrants africains déferlant vers l'Europe. De l'autre, ils font naître l'euphorie d'une « *Afrique qui monte* » et de sociétés jeunes et dynamiques récoltant les fruits de ce que les démographes appellent le « *dividende démographique* », la phase au cours de laquelle une économie nationale jouit des bénéfices d'une population active nombreuse. [...]

Courrier international, 15 octobre 2022, article original d'Adam Tooze, foreignpolicy.com, 13 mai 2022.

8 Doc. 4 Soulignez en rouge l'évolution de la population africaine à venir.

9 Doc. 4 Soulignez en bleu les risques que pourrait entraîner cette évolution et en vert les conséquences positives possibles.

2 Mais des fragilités

Ressources EDD
2. Faim « zéro »
4. Éducation de qualité

foucherconnect.fr/25hgc053

Doc. 1 Les difficultés du continent africain

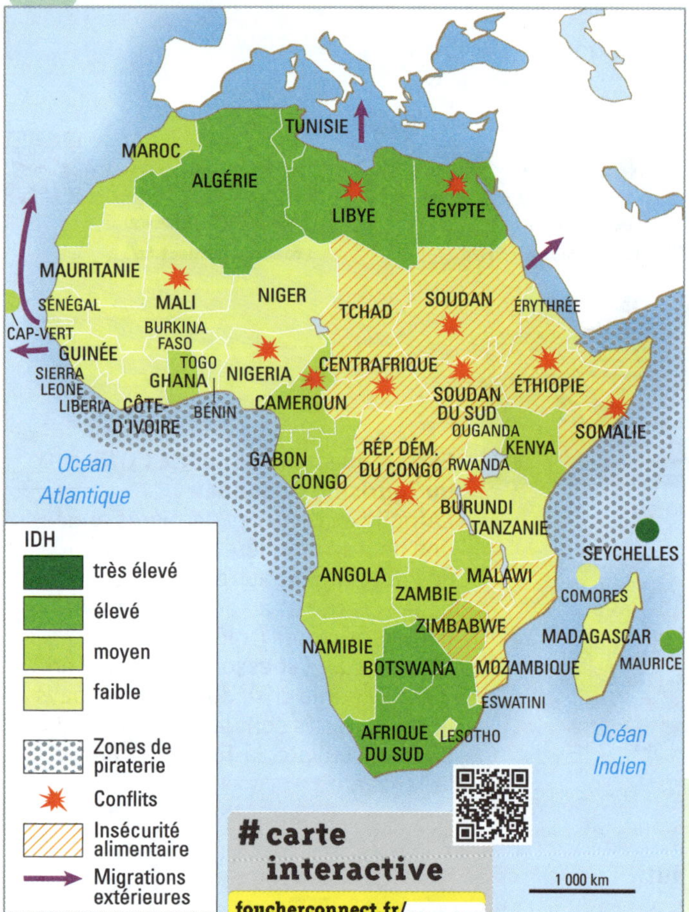

Sur 54 pays, 33 sont des PMA (pays les moins avancés). L'IDH mesure le niveau de développement en prenant en compte des critères de santé-longévité, d'accès à l'éducation et de niveau de vie-revenu.

1 Doc. 1 **Décrivez les niveaux de développement en Afrique.**

....

....

....

....

2 Doc. 1 **Localisez les espaces les plus touchés par :**

– les conflits : ....

....

....

....

– l'insécurité alimentaire : ....

....

....

3 Doc. 1 **Expliquez pourquoi les conflits sont une menace pour le développement.**

....

....

Doc. 2 ....

La corruption est au centre des préoccupations des jeunes Africains, selon l'Ichikowitz Family Foundation basée à Johannesbourg, qui a réalisé un sondage auprès de 5 604 jeunes de 18 à 24 ans. Cette étude révèle que la majorité de ces jeunes considèrent la corruption comme le principal obstacle à leur développement personnel et à une vie meilleure. Ils estiment que leurs gouvernements n'agissent pas suffisamment contre ce « *fléau* », rapportent les médias français comme *Le Figaro*.

En conséquence, près de 60 % envisagent d'émigrer dans les cinq prochaines années. Les destinations les plus citées incluent l'Amérique du Nord et des pays d'Europe occidentale comme le Royaume-Uni, la France, l'Allemagne et l'Espagne. L'étude, menée en janvier et février par PSB Insights, montre également une demande pour des sanctions plus sévères contre les politiciens corrompus et une gouvernance plus adaptée aux spécificités africaines.

Linfo.re, 7 septembre 2024.

4 Doc. 2 **Donnez un titre au document et expliquez les conséquences de la corruption.**

....

....

Doc. 3 **Scène de rue dans la capitale de Bissau en Guinée-Bissau (marché Bandim)**

Doc. 4 **Récolte de riz au Mali**

La population rurale est importante : 35 % en Afrique du Nord, 60 % en Afrique subsaharienne. L'agriculture peine à se développer, confrontée notamment aux problèmes de productivité et de mécanisation. De plus, l'accaparement des terres par l'agriculture industrielle se fait au détriment de l'agriculture familiale.

5 Doc. 3 **Citez des signes du retard de développement visibles sur cette photographie.**

6 Doc. 3 **Relevez des signes de l'intégration à la mondialisation.**

7 Doc. 4 **Identifiez le type d'agriculture et le matériel utilisé. Quelles en sont les limites ?**

Ressource EDD

5. Égalité entre les sexes

ODD

foucherconnect.fr/25hgc110

Je fais le point sur... Les défis du continent africain

→ ***Complétez la synthèse suivante.***

Des atouts

- Des matières premières, exemples :
- L'essor du tourisme avec des avantages :
- Les progrès politiques :
- Le potentiel humain :

Mais des difficultés, fragilités

- 33 PMA, retard de développement, exemples :
- Au niveau agricole :
- Au niveau politique :
- Exportations surtout de ... avec une dépendance de l'extérieur.
- Secteur informel (« marché noir ») et chômage élevé.

ÉTUDE 2

L'Afrique dans la mondialisation

CAPACITÉS
- **Questionner** des documents pour conduire une analyse géographique.
- **Situer** un acteur dans un contexte pour préciser son rôle.

Ressource EDD
15. Vie terrestre
ODD
foucherconnect.fr/25hgc054

Le poids de l'Afrique dans le commerce international demeure modeste (représentant environ 3 % des échanges), mais il est en croissance. Quelle est la place des territoires africains dans la mondialisation ?

1 Des échanges en augmentation

Doc. 1 Supermarché Carrefour à Abidjan, Côte-d'Ivoire (ouvert en 2015)

L'enseigne française de grande distribution est présente dans plusieurs pays africains et conquiert de nouveaux marchés face à l'essor de la classe moyenne appelée à porter la société de consommation.
Coca-Cola, Nestlé, Orange... la liste des multinationales opérant en Afrique est longue et diverse. Elles sont le principal moteur de la mondialisation, investissant surtout dans des pays relativement stables politiquement et économiquement.

1 Doc. 1 **Relevez des éléments évoquant la mondialisation.**

Doc. 2 L'influence croissante de la Russie

La Russie utilise les jeux vidéo en ligne pour exercer son influence et façonner des récits antioccidentaux. Les gouvernements, les groupes de réflexion et les médias occidentaux considèrent *African Dawn* [« Aube africaine »]* comme le nouvel outil de manipulation de l'information et de l'ingérence de Moscou à l'étranger.
L'Afrique constitue une cible stratégique clé dans la guerre de l'information menée par la Russie. L'objectif est de façonner et d'amplifier des récits pour gagner en influence et en accès aux ressources, selon les critiques de la Russie.
L'essor des smartphones ouvre la voie à cette influence émergente. Une communauté croissante de jeunes joueurs sur le continent pourrait devenir réceptive à de nouvelles normes et idées sur la gouvernance.

**Jeu vidéo centré sur le Sahel avec 2 camps, les Russes apparaissant comme des sauveurs, les Français comme des ennemis.*

issafrica.org, 13 octobre 2024.

2 Doc. 2 **Soulignez l'objectif de la Russie en Afrique.**

3 Doc. 2 **Expliquez quels sont les moyens utilisés dans cet exemple.**

Doc. 3 L'intégration à la mondialisation

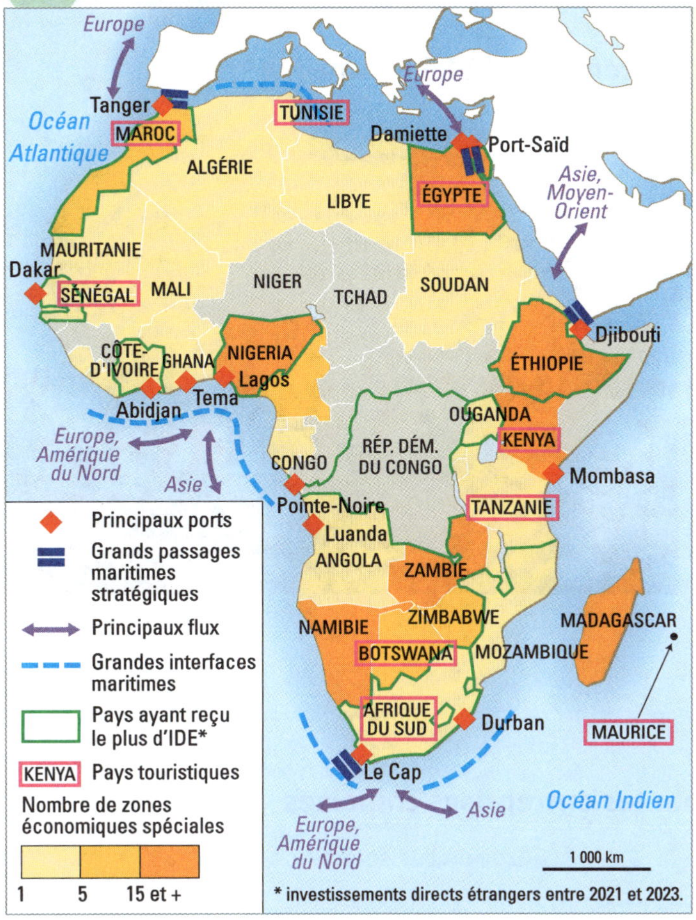

Les ZES (zones economiques spéciales) ont été développées ces dernières années : ce sont des zones franches qui proposent des avantages aux entreprises qui s'y installent.

▶ Vidéo carte
foucherconnect.fr/25hgc112

4 Doc. 3 **Identifiez les lieux privilégiés des échanges mondiaux.**

....

....

....

....

....

5 Doc. 3 **Expliquez pourquoi les pays africains construisent des zones économiques spéciales.**

....

....

....

6 Doc. 3 **Entourez sur la carte les dix pays les plus attractifs en matière d'investissement.**

7 Doc. 3 **Quel est l'apport du tourisme pour l'intégration de l'Afrique dans la mondialisation ?**

....

....

Doc. 4 Un continent au cœur de trafics illégaux

En 2050, l'Afrique sera le deuxième plus gros consommateur de drogue au monde. Le développement du trafic, de la production, de la consommation et d'organisations criminelles puissantes n'épargne aucune région du continent. [...]
L'Afrique a toujours été une zone de transit pour les drogues telles que l'héroïne, la cocaïne et d'autres drogues importées. Ce qui a changé ces derniers temps, c'est le développement des routes, l'intensité du trafic et l'augmentation croissante de la consommation. Avant, presque toutes les drogues qui transitaient par le continent étaient exportées. Mais récemment, les données de l'ONUDC montrent qu'une proportion croissante de ces drogues transitoires est consommée localement. [...]
Toutes drogues confondues, il y a plus de 10 millions de consommateurs de drogues en Afrique, dont 5,7 millions rien qu'en Afrique de l'Ouest. [...]
Les trafiquants de drogue infiltrent les gouvernements africains et les processus politiques, corrompent les politiciens et les fonctionnaires. Le trafic de drogue attire aussi le trafic d'armes, le trafic d'êtres humains, le blanchiment d'argent et d'autres activités criminelles organisées fortement associées à la violence, et l'on sait que les pays à forte concentration de criminalité organisée sont exposés à la violence urbaine, au terrorisme et aux conflits armés.

Arnaud Jouve, rfi.fr, 23 février 2020.

8 Doc. 4 **Dites dans quel autre domaine la mondialisation se manifeste aussi en Afrique.**

....

9 Doc. 4 **Après avoir souligné la région la plus concernée, expliquez pourquoi ce phénomène est néfaste.**

....

....

....

2 Le rôle de la Chine, premier investisseur sur le continent

Doc. 1 9e Forum sur la coopération sino-africaine en septembre 2024 à Pékin

Ce forum a lieu tous les 3 ans depuis 2000 entre la Chine et tous les pays d'Afrique, à l'exception de l'Eswatini. Permettant d'organiser la politique étrangère chinoise vers l'Afrique, il a abouti en 2024 à de nouveaux accords et a été l'occasion de faire le bilan de la coopération sino-africaine.

 # vidéo
Sommet Chine-Afrique : une vingtaine de dirigeants africains reçus à Pékin - 2,06 min
foucherconnect.fr/25hgc055

1 Doc. 1 **Définissez le rôle de l'État chinois dans les relations Chine-Afrique.**

....

....

Doc. 2 Les pays et les secteurs les plus attrayants pour les entreprises chinoises

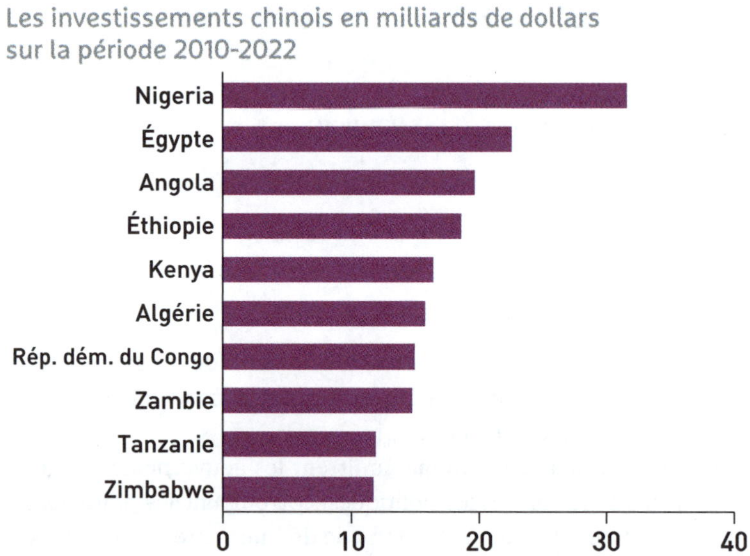

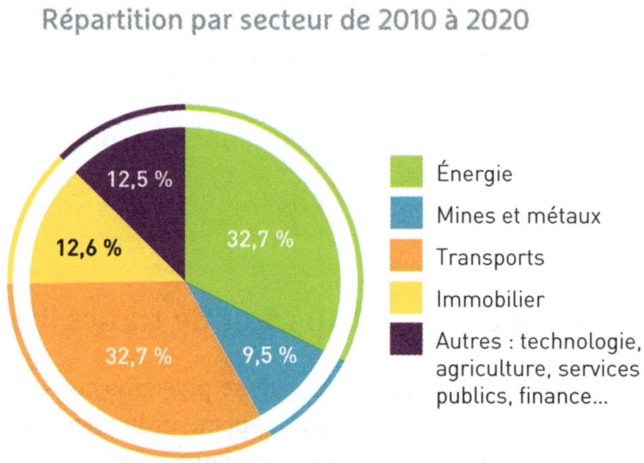

Source : Senat.fr.

2 Doc. 2 **Nommez les principaux pays où la Chine investit et repérez-les sur la carte de la page précédente.**

....

3 Doc. 2 **Nommez les principaux secteurs dans lesquels la Chine investit.**

....

....

....

4 Doc. 2 et 3 **Expliquez pour quelles raisons l'Afrique intéresse la Chine.**

....

....

....

Doc. 3 La Chine à la conquête de l'Afrique : un intérêt stratégique

Au cours des vingt dernières années, la Chine est devenue le premier partenaire commercial de l'Afrique, le premier investisseur dans les pays africains et leur premier créancier.
Elle a réalisé plus de 250 milliards de dollars d'échanges avec les pays africains en 2022 (dernière année complète pour laquelle on dispose de données). Elle a importé principalement des matières premières telles que le pétrole et les minerais, et exporté essentiellement des produits manufacturés.
En 2022, la Chine a investi 5 milliards de dollars dans les économies africaines, principalement pour construire de nouvelles liaisons de transport et des installations énergétiques, et pour exploiter des mines. Les entreprises chinoises ont gagné près de 40 milliards de dollars en 2022 grâce à ces projets. Selon le Forum économique mondial, il existe aujourd'hui 3 000 entreprises chinoises en Afrique.
La Chine a également 134 milliards de dollars de prêts en cours avec les pays africains, provenant de l'argent qu'elle leur a prêté pour le développement. Elle détient environ 20 % de la totalité de la dette des pays africains envers le reste du monde.

BBC.com, Jeremy Howell, 4 septembre 2024.

5 Doc. 3 **Dites quels intérêts trouve l'Afrique dans son rapprochement avec la Chine.**

....

....

Doc. 4 L'exemple de l'exploitation des mines d'or en RDC

 # vidéo
RD Congo : les sociétés chinoises et l'exploitation illégale de l'or au Sud-Kivu - 2,57 min
foucherconnect.fr/25hgc056

Pneus qui flambent, routes barrées, tirs de gaz lacrymogènes... Lundi 13 septembre, les habitants de Kitutu et de plusieurs villages du territoire de Mwenga se mobilisaient pour réclamer le départ des « *Chinois* ». Ce n'était pas la première fois. Depuis quelques mois, les manifestations contre l'exploitation « *illégale* » de l'or par des sociétés étrangères ont pris de l'ampleur au Sud-Kivu, dans l'est de la république démocratique du Congo (RDC). Certaines sont soupçonnées de détruire les champs et de polluer l'environnement. « *On ne peut plus boire d'eau chez nous à cause du cyanure utilisé pour l'exploitation de l'or par les Chinois. La communauté se demande quelle sera sa part dans tout ça* », s'interroge Espoir Balangaliza, un habitant du village de Luhwindja, dans le territoire de Mwenga. D'autres entreprises sont accusées de ne pas indemniser les riverains ou, au mieux, de minorer ces indemnisations. [...]
Pour le député Jean-Claude Kibala, « *la tricherie est organisée avec l'appui des services de l'État* ». Cette complicité présumée de certaines administrations accroît le ressentiment des populations dans l'est de la RDC, une région gangrenée par l'insécurité.

Coralie Pierret, lemonde.fr, 23 septembre 2021.

6 Doc. 3 et 4 **Résumez les reproches qui peuvent être faits à la Chine et ses entreprises.**

....

....

....

Je fais le point sur... L'Afrique dans la mondialisation

→ ***Complétez les phrases suivantes.***

L'ouverture au monde et l'intégration à la mondialisation se manifestent dans :

- des activités : ....

....

- des lieux privilégiés : ....

....

- des investissements étrangers sous forme variée : ....

....

....

La Chine, premier investisseur

- Des avantages : ....

....

....

....

- Des inconvénients : ....

....

....

....

ÉTUDE 3

Des inégalités d'intégration et de développement

CAPACITÉS
- **Identifier** l'échelle appropriée pour étudier un phénomène.
- **Caractériser** l'urbanisation du continent africain à partir de cartes.

La mondialisation impacte les territoires : au niveau des aires régionales qui se réorganisent et surtout dans les villes qui absorbent une majeure partie de la croissance démographique.
Quelles sont les mutations à l'échelle régionale et urbaine ?

1 L'exemple d'une aire régionale : l'Afrique de l'Est

Doc. 1 Le Kenya et l'industrie horticole

Au Kenya, l'industrie horticole ne connaît pas la crise. Dans le pays, ce pilier du secteur agricole vient d'enchaîner deux années consécutives dans le vert en dépit de la pandémie de coronavirus.
Au Kenya, le secteur horticole a enregistré un nouveau record à l'export en 2021. Selon les données du Bureau kényan des statistiques publiées le 21 février dernier, les recettes générées via la commercialisation extérieure ont atteint 158 milliards de shillings (1,4 milliard de dollars) au terme de ladite année.
Ce niveau en hausse de 5 % par rapport à 2020 a permis à l'industrie de s'affirmer comme la deuxième source de devises étrangères du pays d'Afrique de l'Est après les envois de fonds de la diaspora. Le secteur a par ailleurs surclassé le tourisme et le thé. [...]
Dans les détails, les fleurs coupées restent le premier contributeur aux recettes du secteur. [...]
S'agissant des destinations, l'Union européenne (UE) a absorbé 45 % des expéditions du pays. Sur le Vieux Continent, les principaux débouchés ont été les Pays-Bas, l'Italie, la France, la Belgique et l'Allemagne.
Pour rappel, l'horticulture fournit 30 % du PIB agricole et fournit des moyens de subsistance à plus de 6 millions de personnes.

Ecomnewsafrique.com, 1er mars 2022.

 # vidéo
Kenya : au cœur des jardins de roses - 5,12 min
foucherconnect.fr/25hgc057

1 Doc. 1 **Soulignez les expressions montrant le succès économique de l'industrie horticole pour le pays.**

2 Doc. 1 **Identifiez le produit principalement exporté et le marché auquel il est destiné.**

....

....

Doc. 2 Touristes en safari (face à des éléphants de savane), Tanzanie

Grande comme deux fois la France, la Tanzanie offre un large éventail d'attractions touristiques à ses touristes (plus d'1,8 million en 2023) : randonnée, alpinisme, plongée, plage, safari. Parmi les sites les plus remarquables, on peut citer : les parcs nationaux (dont le Serengeti), le mont Kilimandjaro (plus haut sommet d'Afrique), les Grands Lacs, l'archipel de Zanzibar.
Et avec plus d'une centaine d'ethnies, le pays présente aussi une diversité culturelle.

3 Doc. 2 **Expliquez de quels atouts dispose la Tanzanie.**

....

....

....

4 Doc. 2 **Relevez les signes d'un tourisme organisé.**

....

Doc. 3 Les difficultés de la Somalie

La Somalie souffre d'une des plus longues crises humanitaires au monde. Depuis plus de trente ans, des conflits armés, l'instabilité politique, des inondations ou encore des sécheresses extrêmes ont conduit à ce que, aujourd'hui (juin 2022), presque un Somalien sur cinq soit déplacé au sein des frontières du pays. Le pays souffre de l'un des taux de mortalité infantile le plus élevé du monde. En outre, on estime que plus de 50 % de la population est analphabète.

Unhcr.org, juin 2022.

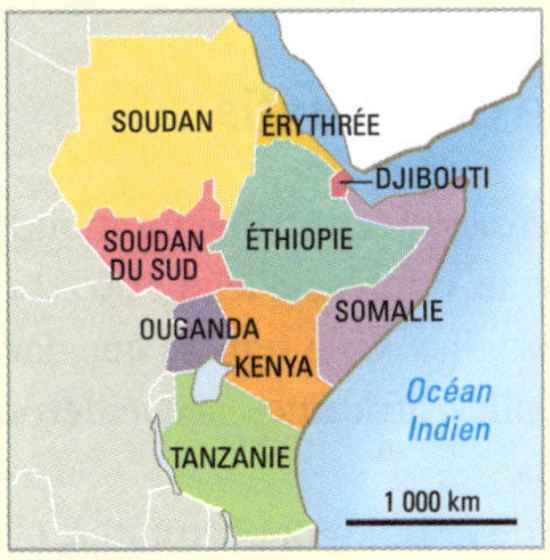

 # vidéo
Corne de l'Afrique, le cycle infernal de la sécheresse - 4,44 min
foucherconnect.fr/25hgc058

5 Doc. 3 Résumez les difficultés de la Somalie.

....

....

....

Doc. 4 Les contrastes territoriaux en Afrique de l'Est

	Kenya	Tanzanie	Éthiopie	Djibouti	Érythrée	Soudan	Ouganda	Somalie	Soudan Sud
PIB en milliards de $, 2023	107,4	79,1	163,7	4,1	2,1	109,3	49,3	11,7	12
PIB par habitant, en milliards de $, 2023	1 949,9	1 211,1	1 293,8	3 606,4	643,8	2 272,5	1 014,2	643,8	1 071,8
Croissance, 2023	5,2	5,3	7,1	7,3	2,9	– 9	4,6	2,8	– 5
Espérance de vie en années, 2022 (France : 82)	62	67	66	63	67	66	64	56	56
IDH 2022 (rang mondial)	0,601 (146)	0,532 (167)	0,492 (176)	0,515 (171)	0,493 (175)	0,516 (170)	0,550 (159)	0,380 (193)	0,381 (192)

Source : banque mondiale.org.

 # vidéo
Grand barrage sur le Nil
1,33 min
foucherconnect.fr/25hgc059

6 Doc. 4 L'Afrique de l'Est présente des disparités de développement et d'intégration à la mondialisation. Remplissez le tableau ci-dessous à l'aide des documents précédents et des cartes pages 92 et 94.

Pays les plus en retard :	Raisons de ce retard :
....	....
Pays les plus dynamiques :	**Raisons de ce dynamisme :**
....	....

2 Les mutations urbaines

 # vidéo
La ville africaine de demain
4,06 min
foucherconnect.fr/25hgc060

Doc. 1 L'explosion urbaine et ses défis

L'Afrique connaît la plus forte croissance urbaine au monde. La population du continent devrait doubler d'ici à 2050. Les deux tiers seront absorbés par les villes. Cela signifie que dans les 30 prochaines années, les villes africaines accueilleront 950 millions de nouveaux urbains.
Si cette urbanisation est source de grandes opportunités, elle est aussi et surtout source de vrais défis pour les communes. Et en particulier petites et moyennes. Car l'essentiel de cette croissance urbaine s'opère dans ces villes dites « intermédiaires » ou « secondaires ». [...]
D'innombrables problèmes sont soulevés par cette explosion urbaine. En premier lieu, les infrastructures et les services publics, qu'il s'agisse de l'adduction d'eau potable (moins de 35 % de la population urbaine y a accès aujourd'hui), de l'accès à l'électricité (aucune ville africaine n'est exempte de coupures d'électricité), de l'existence de routes pavées ou macadamisées en bon état, de systèmes d'assainissement, de ramassage et de traitement des déchets...
Les villes sont, en outre, de plus en plus vulnérables aux risques naturels aggravés par le changement climatique. Mais aussi aux risques sanitaires et sociaux.

Alexandre Picard, *Le Monde Afrique*, 9 décembre 2021.

1 Doc. 1 **Précisez comment évoluent les villes africaines.**

....

2 Doc. 1 **Soulignez les défis auxquels les villes sont confrontées.**

Doc. 2 Un espace urbain ....

Vue du ciel dans la banlieue de Johannesbourg en Afrique du Sud : à droite, le bidonville de Makause (une colonie tentaculaire de baraques surpeuplées construites sur une mine d'or abandonnée) fait face aux rues verdoyantes et aux maisons gracieuses du quartier de Primrose.

3 Doc. 2 **Complétez le titre du document et justifiez votre réponse.**

....

....

....

Doc. 3 Un projet d'urbanisme durable, l'exemple de l'écocité Zenata au Maroc

En bord de mer, à environ 30 km de Casablanca, le Maroc est en train de construire une ville nouvelle pour 300 000 habitants qui se veut exemplaire sur le plan social et environnemental : 470 hectares d'espaces verts prévus, pistes réservées aux piétons et vélos, équipements de proximité, mixité sociale...

4 Doc. 3 **Montrez que le développement durable devient une préoccupation dans les villes africaines.**

....

....

....

....

....

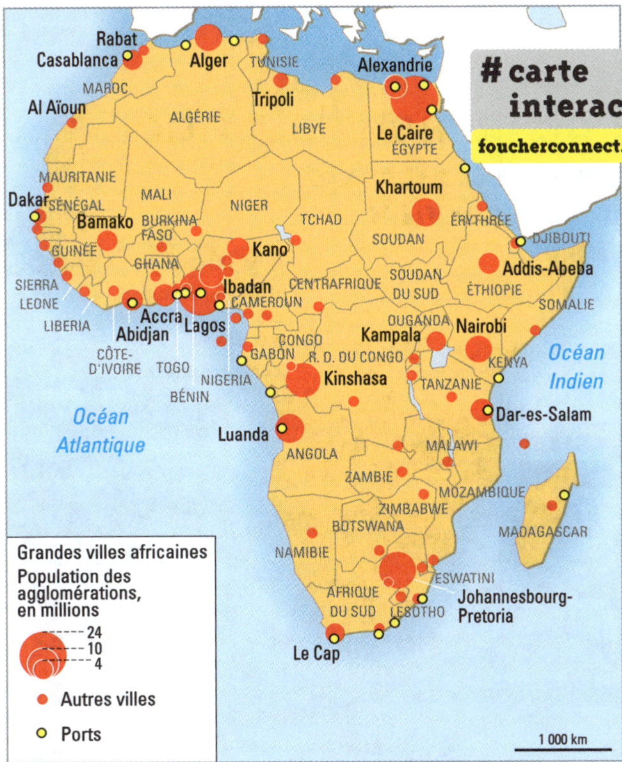

 # carte interactive
foucherconnect.fr/25hgc062

Doc. 4 Les principales villes africaines

Doc. 5 Chantiers à Abidjan à l'occasion de la Coupe d'Afrique des nations de 2023

Pour accueillir la compétition, il y a eu réhabilitation et construction de stades. D'autres infrastructures ont été développées (dont un boulevard périphérique et un pont) afin de transformer l'image du pays et désengorger le trafic.

5 Doc. 4 **Expliquez où se situent la majorité des grandes villes africaines.**

....

....

6 Doc. 4 **Soulignez sur la carte le nom des quatre plus grandes villes africaines (de plus de 10 millions d'habitants).**

7 Doc. 5 et photo p. 90 **Identifiez les changements induits par la mondialisation et la croissance urbaine.**

....

....

....

Je fais le point sur... Des inégalités d'intégration et de développement

→ ***Complétez la synthèse suivante.***

Les effets de la mondialisation sur le territoire

- **Au niveau régional**, tout le monde ne profite pas de la mondialisation et de la croissance économique.

- Il existe des espaces moteurs de la mondialisation : ....

....

- D'autres territoires restent en marge ou à l'écart : ....

- **Au niveau des villes** : elles connaissent une croissance élevée et sont concentrées sur .... ; certaines sont de gigantesques métropoles.

- Face aux besoins, les paysages urbains se transforment : ....

....

- Mais il y a des problèmes : ....

....

DIFFÉRENCIATION

Tanger Med, interface de la mondialisation

CHOISISSEZ LE PARCOURS QUI VOUS CONVIENT LE MIEUX.

 # vidéo
Tanger Med s'agrandit : une révolution logistique pour le Maroc - 2,42 min
foucherconnect.fr/25hgc064

Doc Le port marocain de Tanger Med

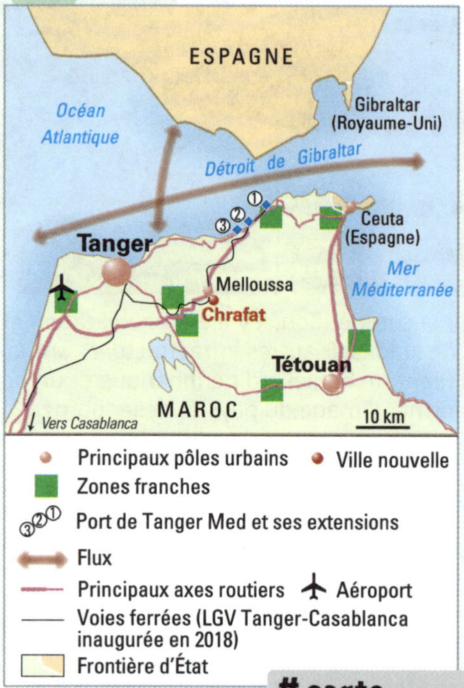

 # carte interactive
foucherconnect.fr/25hgc063

Terminal à conteneurs avec, au premier plan, des voitures fabriquées au Maroc en attente d'expédition.
Le port a contribué à l'essor de la ville de Tanger, devenue un des principaux pôles économiques du pays.

Tanger Med parmi les premiers ports mondiaux

Le port Tanger Med a réalisé des chiffres records en 2023, année où il a réussi à « asseoir sa domination en Méditerranée » et à intégrer le top 20 mondial des ports à conteneurs. Tanger Med occupe la 19e place dans ce classement établi par le cabinet français Alphaliner. Avec une hausse de 13,4 % des volumes de conteneurs traités par rapport à 2022, le port marocain a réalisé l'une des meilleures croissances du classement. En cinq ans, le trafic de Tanger Med a plus que doublé. [...]

Pour Najib Cherfaoui, spécialiste maritime, la compétitivité du port de Tanger Med repose non seulement sur « sa position sur le détroit de Gibraltar et sa base arrière industrielle de 1 300 entreprises », mais également sur une main-d'œuvre locale bon marché.

La main-d'œuvre à Tanger Med coûte dix fois moins cher que dans le port concurrent d'Algésiras en Espagne, ce qui représente une grande opportunité pour les grands armateurs mondiaux comme le français CMA-CGM, le suisse MSC racheté en 2022 par des groupes africains de Bolloré, et le danois Maersk. Depuis son inauguration en 2007 par le roi Mohammed VI, Tanger Med travaille à se positionner comme un leader en Méditerranée. Le port est exploité à 95 % de sa capacité opérationnelle et envisage une expansion pour faire face à ses concurrents directs que sont Algésiras et Valence.

P.A., Bladi.net, 20 mai 2024.

Infrastructures et chiffres clés de l'activité du complexe portuaire

- **4 terminaux à conteneurs** : 8,6 millions de conteneurs en 2023 (contre 7,6 M en 2022 : + 13,4 %).
- **1 port passagers et rouliers** (pour camions) : 2,7 millions de passagers accueillis en 2023 (+ 30 % par rapport à 2022), 477 993 camions traités (+ 4,1 %).
- **1 terminal à hydrocarbures** : 9,8 millions de tonnes d'hydrocarbures manutentionnés (+ 6 %).
- **2 terminaux à véhicules neufs** : 578 446 véhicules (+ 21 % par rapport à 2022), qui sont reliés aux zones franches industrielles où sont présents de nombreux équipementiers et constructeurs automobiles, en particulier Renault qui a la plus grande usine d'Afrique.
- **1 terminal vraquiers** : 581 042 tonnes en vrac solide traitées (+ 44 %).
- **plusieurs connexions ferroviaires.**

Chiffres Alphaliner et TMPA, *Bilan de l'activité portuaire 2023*, Tanger Med Port Authority, 30 janvier 2024.

PARCOURS **autonome**

→ À partir des documents, présentez le complexe industrialo-portuaire de Tanger.

– Un rang continental et mondial : ....

....

– Une localisation favorable et des atouts : ....

....

....

....

....

– Différentes activités : ....

....

....

....

– Les conséquences de cet aménagement : ....

....

....

....

PARCOURS **accompagné**

1 → Quelle est l'évolution et l'importance du port de Tanger ?

....

....

2 → Expliquez pourquoi sa position géographique est favorable.

....

....

....

3 → Montrez que c'est un port moderne tourné vers l'avenir.

....

....

....

4 → Soulignez dans les documents ce qui permet d'affirmer que le port de Tanger est au cœur d'une vaste plateforme industrielle et entourez un atout économique.

5 → Expliquez en quoi le port de Tanger recompose le territoire.

....

....

....

Rendre compte à l'oral (de manière individuelle ou collective)

des stratégies d'implantation de la Chine

 # vidéo
La Chine accueille les dirigeants africains pour un sommet - 3,04 min
foucherconnect.fr/25hgc113

1 J'analyse les documents

Doc. 1 Les nouvelles routes de la soie

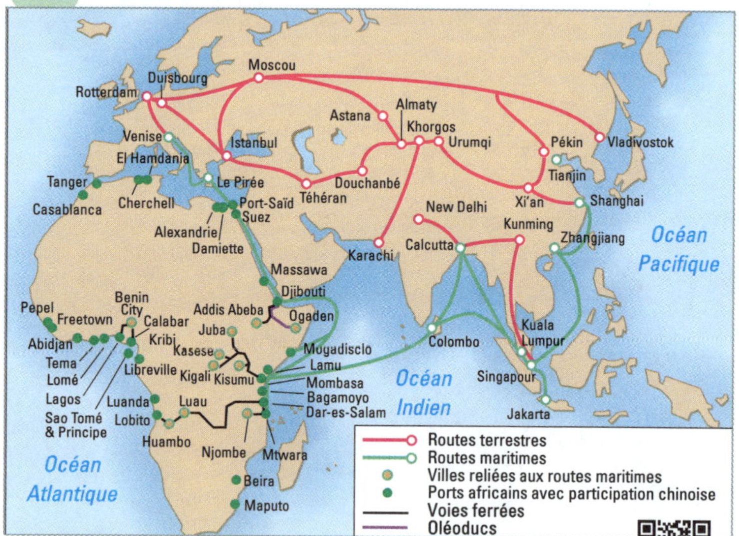

Projet chinois lancé en 2013 pour établir un réseau de liaisons commerciales.

 # carte interactive
foucherconnect.fr/25hgc065

1 Doc. 1 Définissez ce que sont les nouvelles routes de la soie.

....

....

....

....

....

....

....

2 Doc. 1 Localisez les espaces africains les plus concernés par ce projet.

....

Doc. 2 L'Afrique au cœur de ces routes

L'initiative chinoise de la nouvelle route de la soie a gagné beaucoup de terrain en Afrique depuis son lancement en 2013, avec la participation de 53 nations africaines à des degrés divers. En 2023, les pays africains ont reçu 21,7 milliards de dollars US dans le cadre de l'initiative, notamment pour des investissements dans les ports, le rail et les énergies renouvelables. [...]
Le programme comporte un aspect stratégique, en offrant à la Chine un espace qui lui permet de projeter sa puissance à l'échelle mondiale. Il lui garantit un accès à long terme à des ressources et à des marchés tout en la positionnant comme un allié clé des pays en développement, remettant ainsi en cause la domination traditionnelle de l'Occident dans ces régions.
Il offre également une source alternative de financement du développement, qui bénéficie tout particulièrement aux nations africaines les plus pauvres en comblant les déficits substantiels d'investissement dans les infrastructures avec des conditions minimales. En conséquence, la Chine est devenue un créancier essentiel en Afrique, avec plus de 170 milliards de dollars prêtés à 49 pays africains et institutions régionales entre 2000 et 2022. La nouvelle route de la soie fournit des projets clés en main, rapidement exécutés par des entreprises chinoises, ce qui les rend plus attrayants que les financements plus lents et lourds de conditions d'institutions telles que la Banque mondiale et la Banque africaine de développement.
Cependant, ces projets n'ont pas toujours été bien conçus ou stratégiques, ce qui a conduit à des résultats qui n'ont pas eu l'impact économique escompté. Le chemin de fer à écartement standard du Kenya, par exemple, a été critiqué parce qu'il n'était pas économiquement viable et qu'il ne profitait pas aux communautés locales.

Issafrica.org, Jana de Kluiver, 24 juillet 2024.

3 Doc. 2 Soulignez dans le texte en rouge les infrastructures où la Chine investit en priorité, en bleu les effets positifs en Afrique et en vert les effets négatifs.

4 Doc. **1** et **2** Expliquez quel est l'intérêt pour la Chine d'inclure les espaces africains. Appuyez-vous sur le document 4 page 93 pour approfondir votre réponse.

....

....

....

....

 # vidéo
Djibouti : la base militaire chinoise - 0,59 min
foucherconnect.fr/25hgc114

Doc. 3 L'exemple de Djibouti

L'une des principales portes d'entrée africaines de la Chine est la république de Djibouti. La Chine y a inauguré en mai 2017, sur 690 hectares, le port polyvalent de Doraleh, doté des infrastructures les plus modernes d'Afrique. Dédié à la fois aux conteneurs maritimes et aux marchandises en vrac, ce mégaprojet a coûté 590 millions de dollars, financé conjointement par le gouvernement de Djibouti et une société d'État chinoise. Depuis 2018, la ville accueille une base militaire chinoise et la plus grande zone franche d'Afrique, où la Chine prévoit la création d'entrepôts et bureaux.

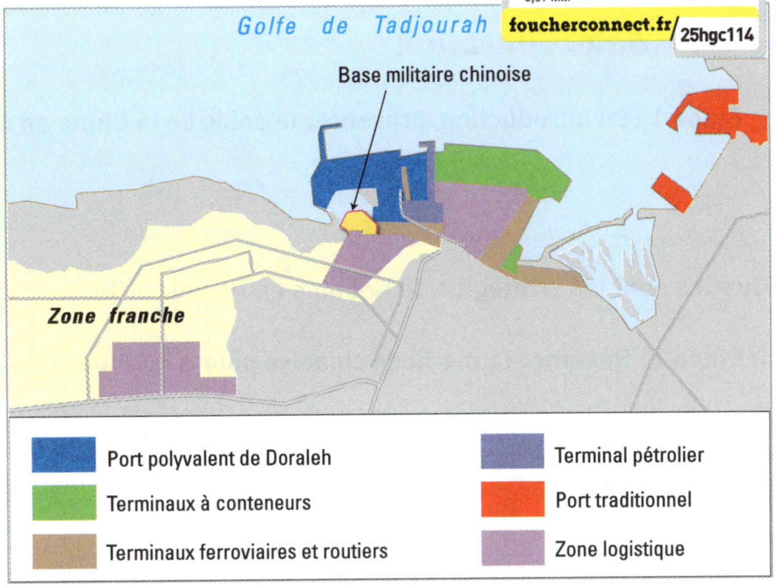

5 Doc. **1, 2** et **3** Entourez Djibouti sur la carte du document 1 page 106, puis expliquez l'intérêt d'y investir au vu de sa localisation.

....

....

....

6 Doc. **2** et **3** Montrez que la stratégie chinoise n'est pas uniquement à visée économique, commerciale.

....

....

Doc. 4 La nouvelle capitale égyptienne

Projet lancé par le président égyptien, une nouvelle capitale est en construction en plein désert à 50 km à l'est du Caire. La China State Construction Engineering Corporation (entreprise de BTP) réalise le centre d'affaires composé de vingt gratte-ciel, dont le plus haut d'Afrique. La Chine est très présente aussi dans le financement.

 # vidéo
Une compagnie chinoise construit le CBD de la nouvelle capitale égyptienne - 3,15 min
foucherconnect.fr/25hgc066

7 Doc. **1** et **4** Précisez dans quel domaine intervient aussi la Chine et pourquoi.

....

....

....

2 Je rends compte à l'oral ou à l'écrit
à titre individuel ou collectif

Il s'agit de montrer des connaissances tout en prenant en compte la dimension orale : s'exprimer de manière claire, précise, en présentant son propos de manière organisée avec un vocabulaire géographique.

L'exposé peut s'appuyer sur un diaporama, être fait devant la classe ou enregistré.

Trame de préparation

Étape 1 : En introduction, présentez le poids de la Chine en Afrique. Puis énoncez la problématique.

....

....

Quelles sont les stratégies de la Chine en Afrique ? Quelles sont ses actions ? Pour atteindre quels objectifs ?

Étape 2 : Résumez la méthode chinoise pour s'implanter en Afrique.

....

....

....

....

....

....

....

Étape 3 : Montrez que l'Afrique de l'Est est au cœur d'un projet chinois plus vaste : les nouvelles routes de la soie.

....

....

....

Étape 4 : Vous pouvez expliciter un exemple précis pris dans le livre ou issu de vos connaissances.

....

....

....

....

Étape 5 : Concluez sur l'impact pour l'Afrique (effets positifs puis négatifs) de ces stratégies d'implantation chinoises.

....

....

....

....

....

....

L'Afrique, un continent en recomposition

Les défis du continent africain

• **L'Afrique possède d'importantes ressources** en matières premières (minières, énergétiques, agricoles) et son patrimoine naturel et culturel est varié. Sa population, jeune et mobile, est en forte croissance (2 milliards en 2050) : c'est un défi en termes de sécurité alimentaire, de santé et d'éducation.

• **Le développement a progressé mais est encore faible dans une majorité de pays de l'Afrique subsaharienne**, 33 pays (sur 54) font partie des pays les moins avancés au monde (PMA).

• **Une bonne gouvernance paraît essentielle pour améliorer les conditions de vie et la situation économique des pays** : la majorité des États ont un régime autoritaire ou des institutions démocratiques fragiles, la corruption est importante et l'insécurité freine le développement.

L'Afrique dans la mondialisation

• **L'ouverture sur le monde s'accentue et l'intégration à la mondialisation** se fait notamment par les exportations de ses ressources dans le monde entier. Le tourisme se développe ainsi que les nouvelles technologies.

• **Le continent connaît une croissance économique et attire beaucoup d'investissements étrangers.** Ce phénomène prend des formes multiples : construction d'infrastructures de transport, achat de terres, installation d'entreprises, de plantations... Les ports en particulier se sont développés, facilitant le transit international de marchandises. Longtemps dominés par l'Europe, ces investissements concernent également d'autres États (ex. : Russie). **La Chine est le premier partenaire** et cherche à intégrer le continent dans son projet d'expansion des « nouvelles routes de la soie ».

• **La mondialisation se manifeste aussi dans des trafics illégaux divers**, dans des atteintes à l'environnement. Elle pose la question du développement durable et celle de la dépendance vis-à-vis de l'extérieur.

Des inégalités d'intégration et de développement

• **La mondialisation a des impacts variés entraînant des recompositions territoriales** et créant des contrastes de développement. Les échanges maritimes explosent et génèrent une forte activité dans les ports qui s'agrandissent, mais aussi dans les métropoles côtières, ce qui renforce la littoralisation. Les centres d'affaires concentrent les fonctions de commandement, et des centres commerciaux apparaissent avec l'émergence d'une classe moyenne. La croissance urbaine entraîne un étalement urbain avec les problèmes inhérents (pollution, circulation...) et de fortes inégalités sociospatiales (bidonvilles). Des corridors industriels et des zones économiques spéciales (souvent en lien avec des ports) se développent.

• **Le continent montre ainsi une hétérogénéité** : dans le sillage de l'Afrique du Sud, première puissance africaine, des États se développent comme le Nigeria, les pays du Maghreb. Les PMA, quant à eux, continuent souvent à stagner avec une pauvreté importante, en particulier ceux qui sont enclavés ou/et instables (ex. : Soudan du Sud, Somalie, Tchad, Mali, Burundi).

Mémo> **AUDIO**

foucherconnect.fr/25hgc067

Mots-clés

- **Développement** : amélioration des conditions de vie et de la qualité de vie d'une population.
- **Gouvernance** : manière de gouverner, de gérer un État ou une autre institution.
- **Recomposition territoriale** : mutation d'un espace sous l'effet d'un ou plusieurs processus.
- **Zone économique spéciale (ZES)** : espace bénéficiant d'avantages fiscaux dans le but d'attirer des investissements étrangers et l'implantation d'entreprises.

Les États africains

1. 54 États africains.

- Plus ou moins peuplés et riches, **les pays africains** (*cf.* **1**) **ne disposent pas des mêmes ressources** (énergétiques, agricoles, touristiques…).
- Ils connaissent des **inégalités de développement à différentes échelles** (ex. : entre l'intérieur des terres et les littoraux plus attractifs, entre les ruraux et les urbains, entre les quartiers d'une même ville).
- 33 pays africains sont des **PMA** (sur 46 PMA au total dans le monde).

Les pays étrangers : partenaires commerciaux et investisseurs

- Ils sont surtout présents à travers les **firmes transnationales** :
  - des pays de la Triade (anciennes puissances coloniales) ;
  - des pays émergents.
- Dans le contexte de mondialisation, le continent attire de **nombreux investisseurs étrangers** intéressés par les différentes **ressources africaines**, pour leur exploitation et leur exportation (*cf.* **2**). Des partenariats ont lieu avec l'**Europe** et les **États-Unis** pour l'aide publique au développement.
- La **Chine** est devenue le **premier investisseur en Afrique**. Elle participe à la construction d'infrastructures (ports, voies ferrées…), achète des terres et développe des **ZES** (zones économiques spéciales), elle cherche à intégrer le continent dans son projet d'expansion des « nouvelles routes de la soie ». La relation Chine-Afrique (*cf.* **3**) soulève des questions (celle de la dette par exemple).

2. La raffinerie pétrolière de Dangote au Nigeria, la plus grande d'Afrique, 2023.

- Quant à la **Russie**, elle ne masque plus ses prétentions, élargissant son réseau d'influence militaire et diplomatique en particulier au Sahel où elle fournit des armes (*cf.* **4**).

3. Une de la revue Jeune Afrique, 2019.

4. Une de la revue *Conflits*, n° 45, 2023.

 # vidéo
Sommet Russie-Afrique : quel bilan ? - 1,58 min
foucherconnect.fr/25hgc115

5. Participants au sommet annuel de l'Union africaine, le 5 février 2022 à Addis-Abeba.

Diverses organisations

- Des **organisations de coopération** existent **entre les États africains** ; la plus importante est l'Union africaine (*cf.* **5**) : créée en 2002, elle cherche notamment à défendre les intérêts du continent en le faisant avancer vers la paix et le développement.
- L'**ONU** et des **ONG internationales** (*cf.* **6**) sont présentes dans les régions en proie à des difficultés humanitaires. Ces dernières, très nombreuses, ont un impact non négligeable.

6. Aide alimentaire américaine en 2021 en Éthiopie.

Complétez le schéma ci-dessous.

L'Afrique dans la mondialisation

Des ressources

– Minerais, énergie

– ....

– ....

– ....

L'insertion dans la mondialisation

– Exportations de ....

– Importations de ....

– Essor ....

....

– Investissements ....

– Premier pays partenaire commercial : .... avec un projet : ....

....

– ....

Des fragilités

– Pauvreté et un développement en progrès mais faible : ....

....

....

– ....

....

– ....

– ....

Des espaces transformés

– Métropolisation et littoralisation : ....

....

....

– Apparition de centres d'affaires et ....

– Multiplication de ZES et de ....

– Aménagement d'infrastructures ....

....

– Des atteintes à ....

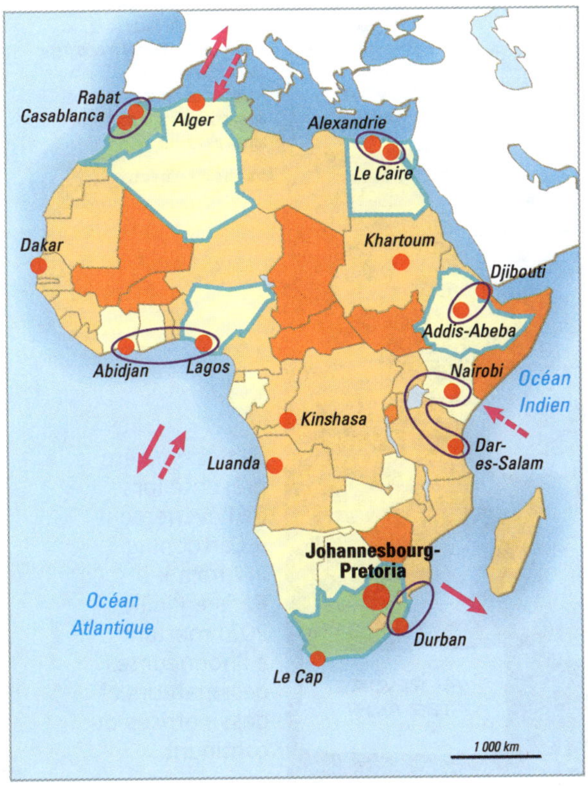

Indiquez le nom des six pays identifiés comme « États moteurs du développement » sur la carte et complétez la légende, en replaçant les figurés ainsi que les informations suivantes : *États en marge - États mal intégrés ou inexistants - États intégrés - États faiblement intégrés.*

1. Une inégale intégration à la mondialisation

- ....
- ....
- ....
- ....

2. Facteurs de connexion et dynamiques

Métropole de niveau mondial

Métropole porte d'entrée de la mondialisation

États moteurs du développement

Corridors industriels en construction

Investissements étrangers en croissance rapide

Exportations qui progressent

Lien avec l'objet d'étude
▶ Créer, fabriquer : l'invention et l'imaginaire

S'interroger sur les processus de la création artistique

Doc. 1 Exposition de la photographe kényane Thandiwe Muriu à Londres, septembre 2022

Ressource EMI
Liberté de la presse
foucherconnect.fr/25hgc116

Thandiwe Muriu s'est fait connaître pour ses portraits de femmes noires aux tissus colorés locaux (kanga), avec différentes coiffures afro et des objets usuels transformés, rendant ainsi hommage aux femmes et à la culture africaines.

Doc. 2 Poème à mon frère blanc

Cher frère blanc,
Quand je suis né, j'étais noir,
Quand j'ai grandi, j'étais noir,
Quand je suis au soleil, je suis noir,
Quand je suis malade, je suis noir,
Quand je mourrai, je serai noir.

Tandis que toi, homme blanc,
Quand tu es né, tu étais rose,
Quand tu as grandi, tu étais blanc,
Quand tu vas au soleil, tu es rouge,
Quand tu as froid, tu es bleu,
Quand tu as peur, tu es vert,
Quand tu es malade, tu es jaune,
Quand tu mourras, tu seras gris.

Alors, de nous deux,
Qui est l'homme de couleur ?

Léopold Sédar Senghor,
Chants d'ombre, © Éditions du Seuil, 1956.

Léopold SÉDAR SENGHOR
Homme politique et écrivain sénégalais (1906-2001), il a été président de la république du Sénégal de 1960 à 1980 et fut le premier Africain à siéger à l'Académie française. Il a publié des essais où il définit la notion de « négritude » et des recueils de poèmes.

Doc. 3 Dessin de presse de Willy Zekid (Congo)

 # vidéos
– Thandiwe Muriu fait sortir les femmes du décor - 6,22 min
– Joey Starr - *Poème à mon frère blanc* - 2,49 min
– Liberté de la presse, combat du quotidien sur le continent africain - 2,21 min
foucherconnect.fr/25hgc117

Ce dessin a été présenté lors de l'événement « Cartooning in Africa » à Paris en juillet 2021 mettant à l'honneur les dessinateurs et dessinatrices du continent.

Doc. 4 Extrait de la bande-dessinée *Petit Pays* de Savoia, Sowa et Faye

Il s'agit de l'adaptation du roman de Gaël Faye (prix Goncourt des lycéens 2016) qui s'inspire de son enfance pour évoquer la guerre civile au Burundi et Rwanda au début des années 1990.

1 Doc. 1, 2, 3 et 4 **Distinguez les formes d'expression artistique utilisées.**

....

....

....

....

....

....

2 Doc. 1 **Expliquez comment la photographe met en valeur la culture africaine et les femmes.**

....

....

....

....

....

....

....

3 Doc. 2 **Relevez les procédés d'écriture utilisés (champs lexicaux, répétition, ponctuation, marques d'énonciation, temps…).**

....

....

....

....

....

4 Doc. 2 **Résumez le message de ce poème.**

....

5 Doc. 3 **Dites quel problème est mis en avant en justifiant par le texte et l'image.**

....

....

6 Doc. 4 **Expliquez l'intérêt que présente cette BD en lien avec l'histoire-géographie.**

....

....

7 **Quelle forme d'expression préférez-vous ici ? Dites pourquoi.**

....

J'ÉVALUE MES COMPÉTENCES...

Géographie THÈME 2

L'Afrique, un continent en recomposition

> À l'issue de l'étude du thème, je révise et je m'entraîne sur des capacités du programme.

CAPACITÉS MOBILISÉES

- Connaître les principales notions, les acteurs majeurs et les repères.
- Décrire une situation géographique.
- Identifier l'échelle appropriée pour étudier un phénomène.

Je mobilise les connaissances du thème

• L'exemple de Lagos

 # vidéo
Nigeria : Lagos tente de s'adapter à sa démographie galopante
2 min
foucherconnect.fr/25hgc068

Doc. 1 Surpopulation et défis environnementaux à surmonter

Lagos, dixième mégalopole mondiale, qui ne dispose pas de métro et qui oblige ses habitants à passer plus de trente heures par semaine dans les bouchons pour aller travailler.

Lagos, cette ville de 22 millions d'habitants à la croissance démographique folle depuis cinquante ans.

L'exode rural est massif vers cette bouche nourricière du golfe de Guinée. « Lagos », qui veut dire « lacs » en portugais (la ville a gardé son étymologie coloniale) est une lagune ouverte sur l'Atlantique, un port puissant qui vit du pétrodollar, et où les bateaux doivent patienter parfois des semaines avant de pouvoir débarquer leurs marchandises.

Mais les infrastructures pour absorber ce flux migratoire sont inopérantes, sans compter le réchauffement climatique qui provoque la montée des eaux et l'érosion constante des côtes. Lagos, c'est une démographie qui croît au même rythme effréné que l'économie du bâtiment qui fait tout pousser vers le haut, faute de place au sol.

Les bénéficiaires en sont la classe moyenne émergente et les ultra-riches. Pour tous les autres, c'est la pénurie de logements salubres. Près de deux tiers de la population vit sous le seuil de l'extrême pauvreté et dépend des économies informelles de la débrouille, pour survivre.

Il se déroule actuellement à Lagos une politique de destruction des bidonvilles et d'expropriations de leurs habitants au profit de projets plus valorisants pour l'image que veut se donner la ville. Même l'océan n'arrête pas sa course au développement urbain. En témoigne le projet titanesque d'Eko Atlantic, sorte de « Dubaï de l'Afrique », une enclave privatisée qui est en train de transformer le littoral, en créant une île artificielle à l'aide de millions de mètres cubes de sable ponctionné dans l'océan. La menace qui guette cette expansion ambitieuse de Lagos, c'est l'érosion de ses propres sols et la montée des eaux. On pourrait dire que Lagos est littéralement un colosse aux pieds d'argile.

Rts.ch/info/culture, juillet 2020.

Doc. 2 Paysage urbain de Lagos

Au premier plan, le bidonville de Makoko construit sur la lagune. Appelé « la Venise de Lagos », cet immense labyrinthe insalubre ne connaît ni eau potable, ni électricité, ni école publique... Une forte communauté de pêcheurs et de travailleurs du bois y vit depuis des générations. Elle se trouve cependant menacée d'expulsion par le gouvernement qui rêve de transformer Lagos en mégalopole plus attractive.

#vidéo
Nigeria : Lagos se tourne vers sa lagune pour réduire les embouteillages - 2,41 min
foucherconnect.fr/25hgc069

1 Localisez Lagos.

2 Précisez comment la ville s'est développée.

3 Décrivez les deux quartiers visibles sur la photographie en précisant le niveau de vie auquel ils correspondent.

4 Listez les difficultés auxquelles font face les métropoles africaines comme Lagos et identifiez les aménagements réalisés ici pour tenter de les pallier.

5 Comment la situation de Lagos illustre-t-elle les enjeux d'une métropolisation qui soit compatible avec un développement durable ?

Cohésion et diversité dans une société démocratique

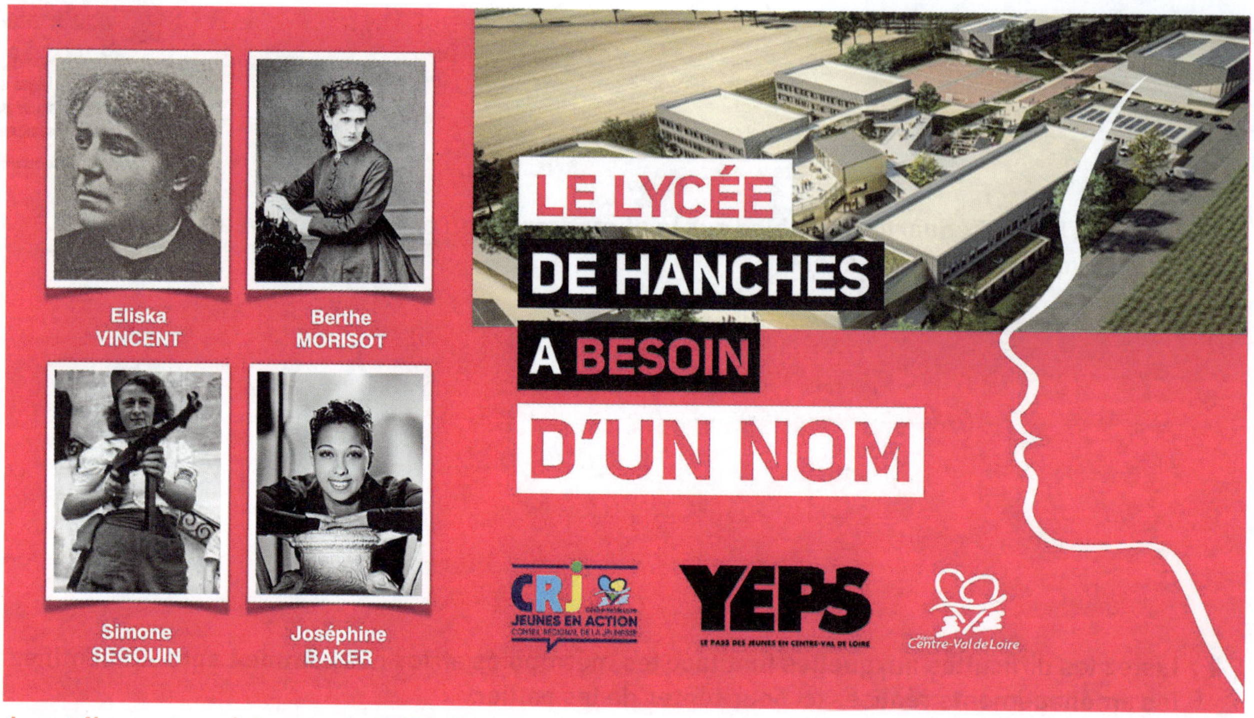

Avant l'ouverture à la rentrée 2023 du nouveau lycée de Hanches (Eure-et-Loir), la région Centre-Val de Loire a invité les habitants à choisir le nom de l'établissement à travers un vote sur les réseaux sociaux.
Quatre noms de femmes remarquables ont été proposés : Eliska Vincent, militante politique, Berthe Morisot, peintre, Simone Segouin, résistante et Joséphine Baker, artiste, humaniste et résistante.

1 D'après vous, pour quelle raison c'est la région Centre-Val de Loire qui est à l'initiative de ce nouveau lycée et non l'État ?

....

....

2 Quels points communs pouvez-vous établir entre les quatre personnalités proposées par la région Centre-Val de Loire ?

....

....

3 Comment expliquez-vous que la région Centre-Val de Loire ait décidé de demander aux habitants de choisir le nom du futur lycée ?

....

....

....

....

 # vidéo
Le futur lycée de Hanches (Eure-et-Loir) se nommera... Joséphine Baker ! - 3,27 min
foucherconnect.fr/25hgc150

À la découverte du THÈME

La République française est le fruit d'une histoire où les individus ont été de plus en plus reconnus dans leur singularité.
Comment la République parvient-elle à concilier la diversité des individus qui la composent et une nécessaire cohésion nationale ?

Défenseurdesdroits
RÉPUBLIQUE FRANÇAISE

1 • Affiche réalisée par le Défenseur des droits, en juillet 2019.

Quelle valeur républicaine le Défenseur des droits met-il en avant à travers cette affiche ?

- ☐ Liberté
- ☐ Égalité
- ☐ Fraternité

Comment pourriez-vous définir une discrimination à l'aide de cette affiche ?

....

....

....

2 • Manifestation de défenseurs des langues régionales en novembre 2019 à Paris.

Quelles langues régionales représentées sur cette affiche pouvez-vous identifier ?

....

....

Quelle crainte est exprimée par les manifestants ?

....

....

....

....

Quelle place la langue française a-t-elle sur cette photographie ?

....

....

....

....

....

Situations

1 • Les valeurs et les principes de la République à l'épreuve de la cohésion sociale

Comment notre société s'est-elle organisée pour nous permettre de vivre ensemble ?

Situation 1 Une campagne pour favoriser un égal accès au travail

En 2023, le taux de chômage des personnes en situation de handicap atteint 12 % contre 7,3 % pour l'ensemble de la population active.

Dossier de presse *Les compétences d'abord*, handicap.gouv.fr, novembre 2022.

 # lien
Aide : Article 225-1 du Code pénal fixant les critères de discrimination
foucherconnect.fr/25hgc151

1 Sit. 1 **Citez au moins trois raisons pour lesquelles Samia K. pourrait faire l'objet de discriminations dans sa recherche d'emploi.**

2 Sit. 1 **Expliquez l'enjeu de cette affiche à travers son slogan « # Les compétences d'abord ».**

Situation 2 Un témoignage après l'incendie de la synagogue de La Grande-Motte (Hérault)

« Il y a 60 ans, quand on me traitait de sale juif, je ne m'affirmais pas. Mais maintenant, plus je me sens acculé, et plus je m'affirme. » Serge, qui se définit comme un « juif laïc, qui n'allait à la synagogue que pour Kippour (le jour du "Grand Pardon") », porte ce soir-là sa kippa*. « Je ne l'ai jamais mise dans la rue. Sauf à Lyon, d'où je viens, dans un quartier où il y a beaucoup de mes coreligionnaires. Là-bas, quand je croise des musulmans dans la rue, ils me disent *shabbat*** *shalom* (bon shabbat). En France, il y a des gens magnifiques. C'est dommage qu'ils ne s'expriment pas [...]. »

*Morceau de tissu porté sur la tête par les juifs pratiquants. ** Repos du samedi dans la religion juive.

A. Fontaine, H. Frasque et A. Vermande, « Témoignages. "Quand on va à la synagogue, on fait attention" : l'inquiétude des juifs de France », www.ouest-france.fr, 27 août 2024.

3 Sit. 2 **Soulignez dans le texte en rouge les éléments de discrimination raciste et antisémite, en vert les signes de fraternité entre les croyants.**

Situation 3 L'allocation de rentrée scolaire (ARS) en 2024

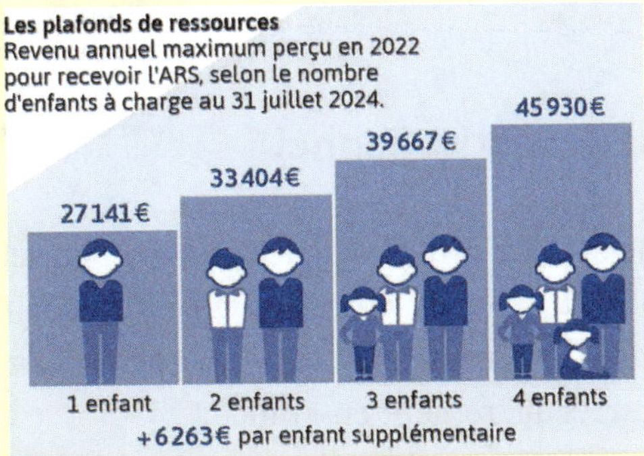

Caisse d'allocations familiales, août 2024, extrait © VISACTU.

Destinée à couvrir les frais de scolarité et versée avant la rentrée à 2 821 110 familles, l'ARS s'élève à 416,40 euros par enfant de 6 à 10 ans, à 454,60 euros pour les 15-18 ans.

4 Sit. 3 **Après avoir validé l'une des deux affirmations ci-dessous, justifiez votre choix à partir des données du graphique.**

	Vrai	Faux
– L'ARS est une mesure de soutien en faveur de toutes les familles.	❑	❑
– L'ARS est un instrument de lutte contre les inégalités.	❑	❑

....

....

....

....

Situation 4 La place des femmes dans la population active en 2023

Personnes en emploi ou chômeurs ayant déjà travaillé	**Part des femmes en %**
ouvriers	**21,5**
Dont ouvriers qualifiés de l'industrie et de l'artisanat	15,6
Employés	**75,2**
Dont policiers, militaires, pompiers, agents de sécurité	17,7
Professions intermédiaires	**53,9**
Dont santé et travail social	77,6
Cadres et professions intellectuelles supérieures	**43**
Dont ingénieurs et cadres techniques des entreprises	23,4
Artisans commerçants, chefs d'entreprise	**32,9**
Dont chefs d'entreprise de + de 10 pers.	20,3
Agriculteurs exploitants	**28,1**
Inconnu	**43,2**
Ensemble	**49**

Population selon le sexe et la catégorie socioprofessionnelle en 2023, Insee.fr, avril 2024.

5 Sit. 4 **Entourez les catégories socio-professionnelles dans lesquelles les femmes représentent moins d'un quart de la population active.**

6 Sit. 4 **Au regard de ces données et de vos connaissances, formulez deux observations plus générales à propos de la place des femmes dans le monde du travail.**

....

....

....

....

....

....

....

....

7 Sit. 1 à 4 **Pour chacune des situations, cochez dans le tableau les notions en jeu afin de bâtir une société plus inclusive.**

	Lutte contre les inégalités sociales	**Égalité femmes-hommes**	**Lutte contre le racisme et l'antisémitisme**	**Pluralisme religieux**	**Inclusion des handicapés**
Sit. 1					
Sit. 2					
Sit. 3					
Sit. 4					

Mise en perspective

La République pose le cadre de la cohésion sociale

Ressource EDD
16. Paix, justice et institutions efficaces
ODD
foucherconnect.fr/25hgc152

Doc. 1 Le principe de fraternité selon le président du Conseil constitutionnel

J'ai coutume de rappeler que la Constitution est étymologiquement « ce qui nous tient ensemble ». Certaines décisions rendues en réponse à des questions prioritaires de constitutionnalité en sont d'excellentes illustrations, parce qu'elles mettent en jeu de grands principes ou valeurs qui « constituent » littéralement notre société. À ce titre, je débuterai par l'une des décisions les plus emblématiques : *la décision du 6 juillet 2018, Monsieur Cédric H. et autres*, couramment désignée comme décision « **Fraternité** ».
Dans cette affaire, le Conseil constitutionnel avait été saisi d'une question prioritaire de constitutionnalité portant sur deux articles du Code de l'entrée et du séjour des étrangers et du droit d'asile (CESEDA) : [...] le fait d'aider un étranger, directement ou non, à entrer, circuler ou séjourner irrégulièrement en France [...].
En relevant [...] que la devise de la République est « Liberté, Égalité, Fraternité », le Conseil a jugé qu'il découlait de ce principe la liberté d'aider autrui, dans un but humanitaire, sans considération de la régularité de son séjour sur le territoire national.

L. Fabius, président du Conseil constitutionnel, conférence à l'École nationale de la magistrature, juin 2024.

1 Doc. 1 **Complétez le schéma ci-dessous afin d'éclairer le raisonnement du président du Conseil constitutionnel en application du principe de *fraternité*.**

Reproches faits en France à Cédric H. en référence à deux articles du CESEDA :
– fait d'aider un étranger en situation irrégulière à entrer ;
– circuler et séjourner en France.

→ Les principes de la devise républicaine :
- ....
- ....
- ....

→ Décision du Conseil constitutionnel du 6 juillet 2018 (dite « Fraternité ») :
....
....
....

→ Annulation de la décision de justice à l'encontre de Cédric H.

Doc. 2 Le Défenseur des droits, une institution de la République

www.vie-publique.fr, décembre 2024.

2 Doc. 2 **Afin de montrer l'engagement de la République à faire vivre ses valeurs et ses principes, proposez des exemples de compétences du Défenseur des droits.**

Principes/valeurs	Compétences
Liberté d'expression	....
Égalité dans l'accès aux services et au droit	....
Fraternité et respect entre citoyens	....
Maintien de l'État de droit	....

3 Doc. 2 **Identifiez sur Internet la plateforme permettant d'accéder facilement au Défenseur des droits.**

....
....

Doc. 3 La République engagée pour l'égalité professionnelle femmes-hommes

2018 – Loi du 5 septembre 2018 : engage un dispositif pour supprimer les écarts de salaires, crée l'index de l'égalité professionnelle.

2019 – Loi du 6 août 2019 : met en place un dispositif de signalement des violences sexuelles et sexistes dans la fonction publique.

2020 – Loi du 1er mars 2020 : oblige les entreprises de plus de 50 salariés à publier leur index de l'égalité professionnelle.

2021 – Loi « Rixain » du 24 décembre 2021 : impose 40 % de femmes cadres dirigeantes dans les entreprises en 2030.

2022

2023 – Loi du 19 juillet 2023 : impose 50 % de nomination féminine aux emplois supérieurs et de direction dans la fonction publique.

Secrétariat d'État chargé de l'égalité entre les femmes et les hommes, www.egalite-femmes-hommes.gouv.fr, novembre 2023.

 # lien
L'index de l'égalité professionnelle dans les entreprises
foucherconnect.fr/25hgc153

4 Doc. 3 **Expliquez l'objectif de ces lois adoptées par la République entre 2018 et 2023 au regard de la situation 4 page 119.**

....

....

....

Doc. 4 L'exercice des cultes, la loi « Laïcité » du 9 décembre 1905 et ses adaptations

ART. 1 La République assure la liberté de conscience. Elle garantit le libre exercice des cultes sous les seules restrictions édictées ci-après dans l'intérêt de l'ordre public.

ART. 2 La République ne reconnaît, ne salarie ni ne subventionne aucun culte, mais permet des dépenses pour des services d'aumônerie dans les établissements publics.

ART. 13 Les édifices servant à l'exercice public du culte, ainsi que les objets mobiliers les garnissant, seront laissés gratuitement à la disposition des établissements publics du culte [...].

ART. 28 Il est interdit, à l'avenir, d'élever ou d'apposer aucun signe ou emblème religieux sur les monuments publics ou en quelque emplacement public que ce soit, à l'exception des édifices servant au culte, des terrains de sépulture dans les cimetières, des monuments funéraires, ainsi que des musées ou expositions.

ART. 31* Sont punis d'un an d'emprisonnement et de 15 000 euros d'amende ceux qui, soit par menaces contre un individu, soit en lui faisant craindre de perdre son emploi ou d'exposer à un dommage sa personne, sa famille ou sa fortune, ont agi en vue de le déterminer à exercer ou à s'abstenir d'exercer un culte, à faire partie ou à cesser de faire partie d'une association cultuelle [...].

*Modifié par la loi « Séparatisme » du 24 août 2021.

www.legifrance.gouv.fr, ©DILA consulté en décembre 2024.

5 Doc. 4 **Complétez le tableau ci-dessous afin de montrer comment, par la loi « Laïcité », la République permet la diversité des convictions religieuses et la cohabitation des différents cultes.**

Articles assurant le pluralisme des croyances et le libre exercice des cultes.	Articles favorisant la coexistence pacifique des croyants sous l'autorité de l'État.
....	....

Je développe mon ESPRIT CRITIQUE

APTITUDE Apprentissage autonome, réflexion et discernement

Ressource EDD
3. Bonne santé et bien-être
ODD
foucherconnect.fr/25hgc154

La politique de cohésion territoriale en matière d'accès à la santé

Doc. 1 Densités départementales des médecins généralistes

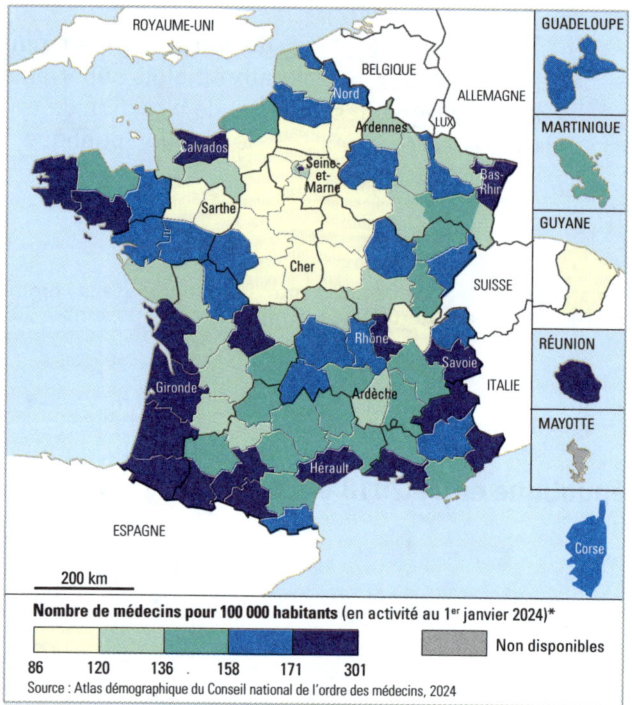

*Moyenne nationale : 148,2.

Doc. 2 Un extrait du plan « France ruralités » piloté par l'Agence nationale de la cohésion des territoires (ANCT)

AXE 3 DES MESURES CONCRÈTES POUR AMÉLIORER LE QUOTIDIEN DES HABITANTS DES TERRITOIRES RURAUX

Médicobus dans l'Orne, 2022.

SANTÉ

Pour permettre un accès au soin, y compris dans les territoires les plus enclavés, dans une démarche « d'aller-vers »

→ **Lancement de 100 médicobus,** en partenariat avec les collectivités territoriales, d'ici à la fin 2024 afin d'apporter une offre de soins de proximité dans les territoires les plus touchés par la raréfaction médicale.

→ **Doublement du nombre de maisons de santé** (objectif 4 000 en 2027), avec un accompagnement de 45 millions d'euros sur 3 ans.

→ **Encourager et promouvoir l'installation des futurs médecins sur les territoires en instaurant une quatrième année de formation en médecine générale,** réalisée en priorité dans des zones sous-denses.

Les ruralités au cœur de l'équité territoriale, agence-cohesion-territoires.gouv.fr, juin 2023.

1 **Donnez un exemple d'inégalité dans l'accès à la médecine généraliste en comparant la situation de votre territoire à celle d'un autre département.**

....

....

....

2 **Validez ou refusez les affirmations ci-dessous.**

– Hors agglomération parisienne, l'Île-de-France est l'une des régions les plus vulnérables en matière d'accès à la médecine généraliste.
Vrai ❑ Faux ❑

– Les départements frontaliers sont les mieux dotés en médecins généralistes.
Vrai ❑ Faux ❑

– Globalement, les régions touristiques du littoral ou des secteurs de montagne sont plutôt bien dotées en médecins généralistes.
Vrai ❑ Faux ❑

– Les départements entourant l'Île-de-France sont relativement bien dotés en médecins généralistes.
Vrai ❑ Faux ❑

3 **Concernant ce plan d'accès aux soins Doc. 2, entourez avec des couleurs différentes les mesures dont l'effet est attendu rapidement et les mesures dont l'effet est attendu à plus long terme.**

4 **À l'aide des documents, éventuellement complétés par une recherche en ligne, vous préciserez si ces mesures du plan « France ruralités » vous semblent suffisantes pour relever le défi des déserts médicaux en France. L'expression d'un point de vue étayé par deux arguments est attendue.**

Point de vue global : ....

....

....

Argument 1 : ....

....

Argument 2 : ....

....

....

Les valeurs et les principes de la République à l'épreuve de la cohésion sociale

Mémo> AUDIO

foucherconnect.fr 25hgc155

Des principes et des valeurs pour vivre ensemble

• **Depuis la Révolution française, l'unité de la nation repose sur la devise « Liberté, Égalité, Fraternité ».** Par sa décision du 6 juillet 2018, le Conseil constitutionnel a d'ailleurs rappelé le caractère complémentaire de ces trois termes en soulignant que la fraternité n'était pas séparable des deux autres.

Des politiques de solidarité pour maintenir la cohésion sociale

• **L'égalité implique de réguler les écarts de richesse** au sein de la société. En République, la redistribution, instrument de la solidarité entre les plus aisés et les plus modestes, s'effectue par les impôts et les cotisations sociales.

• **Les inégalités sont aussi territoriales.** Les écarts dans l'accès au service public entre territoires ruraux et urbains sont l'objet de politiques spécifiques pilotées par l'Agence nationale pour la cohésion des territoires (ANCT).

La République, boussole dans une société diverse et fracturée

• **L'idéal républicain de cohésion sociale** impose également de lutter contre toutes les discriminations. Face à la montée des faits racistes et antisémites, aux manifestations de haine anti-LGBT, notre pays s'est doté d'un cadre juridique très étendu : l'article 225-1 du Code pénal fixe les critères permettant aux victimes d'agir devant un tribunal. Dès 1972, la loi Pleven, complétée de la loi Gayssot de 1990, a consacré le racisme comme un délit. Le Défenseur des droits et la plateforme *Antidiscriminations*, accessible en ligne, proposent d'accompagner les victimes. Une délégation interministérielle, la DILCRAH, coordonne la réponse institutionnelle.

• **La République est aussi engagée dans l'application du principe de** laïcité, condition de la liberté religieuse. La loi de 1905 garantit en effet le pluralisme des croyances et la cohabitation de tous les cultes dans le maintien de l'ordre public.

Des politiques pour l'inclusion et l'égalité dans le monde du travail

• **La République se soucie encore du respect de ses principes et de ses valeurs** dans un monde du travail en mutation. L'égalité femmes-hommes au niveau des salaires ou de l'accès aux postes les plus prestigieux progresse. Elle est encouragée par des mesures incitatives telles que la création de l'index de l'égalité femmes-hommes dans les entreprises. L'insertion des personnes en situation de handicap dans la vie professionnelle, condition de leur insertion sociale, fait également l'objet de mesures spécifiques.

• **Ainsi la République s'efforce-t-elle de tenir la promesse** d'une société inclusive assurant une place à chaque citoyen.

Mots-clés

- **Discrimination** : différence de traitement punie par la loi entre des personnes ou des groupes de personnes visant à les exclure. Elle relève par exemple de la **haine anti-LGBT**, de la xénophobie, de différentes formes de **racisme** comme l'**antitsiganisme** et de l'**antisémitisme**.
- **Égalité femmes-hommes** : fait de promouvoir les mêmes droits entre les sexes et les genres.
- **Fraternité** : lien de solidarité et de soutien mutuel qui unit des personnes dans la société.
- **Laïcité** : principe assurant la liberté de manifester ses croyances ou convictions religieuses dans le respect de celles des autres et des lois de la République.
- **Pluralisme des croyances** : idéal politique des démocraties qui veillent au respect de la diversité religieuse.
- **Société inclusive** : société dans laquelle personne n'est mis à l'écart en raison de ses différences.

2 · La République et la nation

Situations

Comment maintenir la cohésion de la nation tout en intégrant la diversité des territoires et des individus ?

Situation 1 Protéger la communauté nationale

« Lutter contre le terrorisme, protéger la population, défendre le territoire national. » Jean n'a que 22 ans, et c'est sa première mission Sentinelle. En patrouille au château de Versailles (Yvelines) avec ses camarades du 16e bataillon de chasseurs à pied de Bitche (Moselle), le jeune sergent n'a pas d'état d'âme quand il veille, dans le froid, sur la longue file de visiteurs qui patiente sur la vaste esplanade avant de pouvoir visiter le palais de Louis XIV. « C'est ma mission, donc je la réalise », tranche-t-il. Celle-ci nécessite une vigilance permanente. « Comme toute autre mission », reprend le militaire. [...]

À ses côtés, le 1re classe Quentin, 20 ans, en est déjà à sa troisième participation. Avant les Yvelines, il a connu Rennes et Narbonne. « On a le sentiment d'être là pour protéger la population, résume le soldat. Régulièrement, les gens nous disent merci ou bon courage. Ou ils nous disent que ça les rassure. Les gens sont contents de notre présence. »

Aux abords du château de Versailles, certains touristes s'amusent à prendre des photos à côté des militaires français. D'autres viennent leur demander des renseignements. Mais les soldats de Sentinelle ne veulent pas se laisser distraire. La rigueur fait partie du « premier niveau de dissuasion », explique le général Bruno Le Ray, gouverneur militaire de Paris. « Ils en imposent par leur professionnalisme, se félicite-t-il. La posture des soldats doit inciter celui qui voudrait passer à l'acte à ne pas le faire, rien qu'en les regardant. »

Aurélien Poivret, ledauphine.com, 23 mars 2019.

Témoignages de soldats engagés dans l'opération Sentinelle. Cette opération, qui a été lancée en janvier 2015 après les attentats terroristes contre Charlie Hebdo et l'Hyper Casher à Paris, mobilise 10 000 soldats et 3 000 réservistes.

1 Sit. 1 **D'après ces témoignages, quelles missions de l'armée française s'expriment ici ? Cochez les bonnes réponses.**

- ☐ Protéger la population
- ☐ Mener des opérations à l'extérieur du territoire pour protéger les intérêts nationaux
- ☐ Lutter contre le terrorisme
- ☐ Rassurer la population
- ☐ Détecter l'illettrisme
- ☐ Dissuader

2 Sit. 2 **Quelle population a droit à l'aide à la continuité territoriale ?**

....

....

....

....

3 Sit. 2 **Quel est l'objectif de cette aide ?**

....

....

....

Situation 2 S'adapter aux disparités territoriales

Affiche de l'agence nationale LADOM pour la Réunion, 2022.

Situation 3 Intégrer de nouvelles populations dans la citoyenneté

« Bienvenue et bravo pour votre parcours », félicite la secrétaire générale de la préfecture et sous-préfète de l'arrondissement de Saint-Lô, Perrine Serre, en tendant à Diana son décret de naturalisation. Émue et un grand sourire aux lèvres, la trentenaire, originaire d'Arménie, reçoit ses documents qui attestent de sa nouvelle nationalité française. [...]
« Je suis arrivée à 28 ans, raconte-t-elle. Avec mon ex-mari, nous sommes partis d'Arménie parce qu'il était proche d'un parti politique qui ne plaisait pas aux autorités. C'était plus prudent pour nous de quitter le pays. Il fallait protéger notre famille. » N'ayant pas d'attache dans l'Hexagone, ils choisissent la France pour « sa liberté d'expression » et arrivent avec leur fils à Saint-Lô. « Je ne parlais pas du tout la langue », se souvient la mère de famille, qui parle aujourd'hui dans un français parfait. Ayant à cœur de s'intégrer rapidement, la jeune femme s'est vite mise à la recherche d'un travail. [...]
Parallèlement elle prend des cours de langue. [...] Ce n'est pas pendant ces cours que son niveau va s'améliorer, mais pendant ses heures de bénévolat. « Je voulais rencontrer des gens alors je me suis inscrite comme bénévole au Secours populaire. » [...]
Dix ans après son arrivée sur le territoire, elle vient finalement d'obtenir la nationalité de son pays d'adoption. Désormais bien intégrée dans la vie locale, cette nouvelle Française n'envisage pas de revenir en Arménie. « Mon fils est au lycée ici, il se sent presque plus Français qu'Arménien ! »

Céline Avot, ouest-france.fr, 30 septembre 2023.

4 Sit. 3 **Qu'est-ce qu'une cérémonie de naturalisation ?**

- ☐ Une cérémonie d'accueil de réfugiés sur le territoire français
- ☐ Une cérémonie de remise de médaille
- ☐ Une cérémonie officielle d'obtention de la nationalité française

5 Sit. 3 **Expliquez la phrase (soulignée) de la représentante de l'État républicain.**

....
....
....
....
....
....
....
....

Cérémonie d'accueil dans la nationalité française, Rennes, décembre 2023.

6 Sit. 1, 2 et 3 **D'après ces documents ainsi que vos connaissances, pourquoi peut-on dire que l'État républicain français veille à assurer la protection et l'unité de la population nationale ?**

....
....
....
....
....

Mise en perspective

La cohésion nationale, un devoir de l'État républicain

Doc. 1 Extrait de la Constitution de la Vᵉ République

ART. 1er. La France est une République indivisible, laïque, démocratique et sociale. Elle assure l'égalité devant la loi de tous les citoyens sans distinction d'origine, de race ou de religion. Elle respecte toutes les croyances. Son organisation est décentralisée.

La loi favorise l'égal accès des femmes et des hommes aux mandats électoraux et fonctions électives, ainsi qu'aux responsabilités professionnelles et sociales. [...]

ART. 2. La langue de la République est le français.

L'emblème national est le drapeau tricolore, bleu, blanc, rouge.

L'hymne national est la *Marseillaise*.

La devise de la République est « Liberté, Égalité, Fraternité ».

Son principe est : gouvernement du peuple, par le peuple et pour le peuple. [...]

ART. 8. Le président de la République nomme le Premier ministre. Il met fin à ses fonctions sur la présentation par celui-ci de la démission du gouvernement. Sur la proposition du Premier ministre, il nomme les autres membres du gouvernement et met fin à leurs fonctions.

ART. 15. Le président de la République est le chef des armées. Il préside les conseils et les comités supérieurs de la défense nationale. [...]

ART. 20. Le gouvernement détermine et conduit la politique de la nation.

Il dispose de l'administration et de la force armée. [...]

ART. 21. Le Premier ministre dirige l'action du gouvernement. Il est responsable de la défense nationale. Il assure l'exécution des lois. [...]

ART. 75.1. Les langues régionales appartiennent au patrimoine de la France.

1 Doc. 1 **D'après la Constitution, qui a compétence pour assurer la sécurité et la défense du pays ?**

....

....

....

2 Doc. 1 **Quel terme du premier article indique que la République érige en principe l'unité et la cohésion de la nation ?**

....

3 Doc. 1 **De quels outils constitutionnels dispose l'État pour garantir la cohésion nationale ?**

....

....

4 Doc. 2 **Sur quels principes constitutionnels ou valeurs repose la politique de continuité territoriale ? Justifiez.**

- ☐ La laïcité
- ☐ La fraternité
- ☐ L'indivisibilité
- ☐ L'égalité
- ☐ La démocratie

....

....

Doc. 2 La continuité territoriale dans le Code des transports

Dans les conditions déterminées par les lois et règlements, les pouvoirs publics mettent en œuvre, au profit des personnes physiques régulièrement établies en France et des personnes morales de droit privé domiciliées outre-mer, une politique nationale de continuité territoriale au départ ou à destination de l'outre-mer.

Cette politique repose sur les principes d'égalité des droits, de solidarité nationale et d'unité de la République. Elle tend à atténuer les contraintes de l'insularité et de l'éloignement, notamment en matière d'installation professionnelle, et à rapprocher les conditions d'accès de la population aux services publics de transport, de formation, de santé et de communication de celles de la métropole, en tenant compte de la situation géographique, économique et sociale particulière de chaque collectivité territoriale d'outre-mer.

Article L. 1803-1 du Code des transports, modifié par la loi n° 2023-1322 du 29 décembre 2023 – art. 236, version en vigueur depuis le 31 décembre 2023.

Doc. 3 Les compétences de la région

5 Doc. 1 et 3 **Soulignez dans le document 1 la phrase qui indique que les collectivités territoriales ont des compétences politiques propres.**

6 Doc. 3 et 4 **En quoi le document 4 illustre-t-il le principe d'organisation décentralisée de la République ?**

....

....

....

....

....

Doc. 4 Affiche pour l'inauguration d'un gymnase à Eaubonne

7 Doc. 1, 2 et 3 **Pourquoi, d'après vous, l'État délègue-t-il certaines compétences comme la construction et l'entretien des lycées, des collèges ou des établissements de formation professionnelle et pourquoi ne délègue-t-il pas des questions de sécurité nationale par exemple ?**

Vous pouvez prendre également appui sur la page 116.

....

....

....

....

....

....

Je développe mon ESPRIT CRITIQUE

APTITUDE Réflexion et discernement, participation à un débat

Doc. 1 Discours pour l'inauguration de la Cité internationale de la langue française

Maintenant, dans un moment aussi difficile, grave, lourd, pour la nation et pour le monde, pourquoi venir parler de la langue française et pourquoi est-ce si important ? [...]

Parce que la langue française bâtit l'unité de la nation et parce que la langue française est une langue de liberté et d'universalisme. Et ces deux raisons, dans le moment que nous vivons, suffisent à justifier l'importance de ce projet et du moment que nous partageons. Notre unité d'abord, à un moment où les divisions reviennent, où les haines ressurgissent, où on voudrait renvoyer les communautés dos à dos, les religions, les origines. La langue française est un ciment. [...]

Un Français peut parfaitement se réclamer de plusieurs appartenances linguistiques. Chacun a le droit de connaître, parler, transmettre sa ou ses langues, et c'est un droit non négociable. Toutes les langues sont égales du point de vue de la dignité. C'est pourquoi je veux que nos langues régionales soient encore mieux enseignées et préservées, qu'elles trouvent leur place dans l'espace public en un juste équilibre entre leur rôle d'ancrage de langue régionale et le rôle essentiel de cohésion de la langue nationale. [...]

Il y aura toujours de multiples langues dans la République, et une langue de la République.

Extrait du discours du président de la République à l'occasion de l'inauguration de la Cité internationale de la langue française le 30 octobre 2023.

Audition du collectif à l'Assemblée nationale : sortir de la précarité, un statut pour nos langues !

Doc. 2 Communiqué de presse du collectif « Pour que vivent nos langues »

Aujourd'hui, le collectif a rencontré le groupe d'études « Langues et Cultures régionales » à l'Assemblée nationale. Nous leur avons fait part du constat alarmant et des freins aussi bien techniques que juridiques pour transmettre, enseigner et préserver nos langues.

<u>Nous sommes convaincus que nous ne parviendrons à préserver nos langues que par une pleine et entière reconnaissance qui passera par une révision de l'article 2 de la Constitution.</u> [...]

Ces dernières semaines, nous avons pu suivre le parcours de l'équipe victorieuse de l'Afrique du Sud lors de la Coupe du monde de rugby. Leur hymne national met à l'honneur 5 des 11 langues officielles de leur pays. Force est de constater que le respect de cette diversité linguistique ne nuit aucunement à la communion autour de leur équipe et à l'unité de leur pays. Choisir une langue unique pour « faire nation » est loin d'être une valeur universelle.

Collectif « Pour que vivent nos langues », 8 novembre 2023.

1 **Expliquez la dernière phrase de l'extrait du discours.**

....

....

....

2 **Après avoir rappelé ce que dit l'article 2 de la Constitution (voir page 126), expliquez la phrase soulignée.**

....

....

....

3 **Selon vous, est-il important que les langues régionales soient davantage reconnues au sein de la République ?**

....

La République et la nation

Mémo> AUDIO
foucherconnect.fr/25hgc156

Des principes constitutionnels

• **La République française assure d'abord la cohésion et l'unité de la nation** par un certain nombre de principes au premier rang desquels le principe constitutionnel d'indivisibilité (article 1).

• Dans son article 2, la Constitution de la Cinquième République affirme en premier lieu que la langue française est la seule langue officielle de la République, rappelant ainsi son rôle majeur dans la construction de la nation.

Intégrer, rassembler, protéger

• **La République considère la communauté nationale comme une communauté ouverte à l'intégration** de populations issues de l'immigration notamment dans le cadre de la naturalisation, ouverte également à la citoyenneté européenne.

• **Les politiques de continuité et d'équité territoriales** visent à réduire les fractures entre les territoires. Cette politique, qui fait dialoguer l'État avec les collectivités locales, trouve une de ses expressions dans l'Agence nationale pour la cohésion des territoires (ANCT) et notamment son programme Société numérique.

• **Enfin, l'unité de la nation est garantie** par le concept de sécurité nationale qui vise à protéger la population ainsi que les valeurs républicaines sur l'ensemble du territoire.

Respecter la diversité des territoires et des individus qui la composent

• **La cohésion et l'unité de la nation passent également par la reconnaissance de la diversité** des territoires et des individus. Cette reconnaissance peut être politique. Ainsi, la décentralisation permet de prendre certaines décisions au plus proche des citoyens par le biais des collectivités territoriales dont les responsables sont élus par les citoyens.

• **Cette reconnaissance peut également être culturelle**, par exemple au travers de questions mémorielles qui trouvent une de leurs applications dans la dénomination des établissements scolaires ou les noms de rue.

• **La richesse culturelle de la nation s'incarne par ailleurs dans l'inscription des langues régionales** dans la Constitution depuis 2008. Celle-ci leur reconnaît un intérêt patrimonial (article 75.1) sans que, pour autant, il ne leur soit accordé un statut de langue officielle. On estime leur nombre à environ 70 (Rapport parlementaire, mai 2024).

Mots-clés

- **Décentralisation** : la décentralisation consiste en un transfert de compétences et de moyens de l'État à des autorités distinctes de ce dernier.
- **Indivisibilité** : principe républicain selon lequel il n'existe qu'un seul pouvoir politique, émanation de la souveraineté populaire.
- **Naturalisation** : processus d'accès à la nationalité et la citoyenneté française.
- **Questions mémorielles** : questions portant sur la mémoire liée à des événements passés, à un personnage historique, un lieu ou un monument.
- **Sécurité nationale** : politique dont l'objectif est de « parer aux risques et aux menaces susceptibles de porter atteinte à la vie de la nation » (Livre blanc sur la défense et la sécurité nationale de 2008).
- **Société numérique** : programme porté par l'ANCT (Agence nationale pour la cohésion des territoires) et dont l'objectif est de permettre une meilleure inclusion de tous les Français et Françaises dans la société numérique.

Projet

Réalisation d'une galerie de portraits : l'exclusion sociale en France et les dispositifs de solidarité existants

Le système social français, redistributif et solidaire, est confronté à des fragilités persistantes. Elles tiennent en partie à la méconnaissance des mesures de l'État-providence.

Dans le cadre d'une exposition sur la lutte contre la pauvreté et l'exclusion, vous réalisez une galerie de portraits destinés à illustrer différentes situations d'exclusion en les associant à des dispositifs de solidarité. Vos images seront associées à des données statistiques et à des informations sur les aides et droits disponibles pour les situations d'exclusion les plus courantes.

Étape 1

Je recherche une donnée statistique récente et fiable pour mettre en évidence l'importance du phénomène présenté. Pour cela, j'effectue une recherche sur Internet en me souciant de la source et de l'actualité des informations recueillies. Le cas échéant, j'utilise une application d'intelligence artificielle (IA).

→ Je reformule l'information principale et je la copie dans le cadre prévu.

Étape 2

J'effectue une recherche en ligne afin de connaître les dispositifs de solidarité adaptés à la situation exposée à l'étape 1. Pour cela, je peux aussi solliciter une application d'intelligence artificielle.

→ Je retiens les dispositifs principaux et les présente dans le cadre prévu.

Étape 3

Je sollicite un moteur de recherche par images pour illustrer chacune des situations d'exclusion retenues. Pour cela, je sélectionne une photographie adaptée en me souciant de sa pertinence et en vérifiant qu'elle représente bien une situation réelle dans notre pays.

→ Je place l'image recueillie dans le cadre prévu, j'indique sa source et je lui donne un titre.

EXEMPLE

DONNÉE STATISTIQUE

Selon les dernières estimations de l'Insee, il y a environ 150 000 personnes sans domicile fixe en France en 2024. Ce chiffre inclut à la fois les personnes vivant de manière transitoire et celles qui sont sans-abri de manière plus permanente.

LES DISPOSITIFS D'AIDE AU LOGEMENT DISPONIBLES

– Aide Personnalisée au Logement (APL)
– Allocation de Logement Familial (ALF)
– Allocation de Logement Social (ALS)
– Aide au Logement pour les Personnes Âgées (APIA)
– Aide au Logement pour les Jeunes (ALJ)

L'exclusion sociale en raison de l'absence de logement

Photographie de Magali Cohen, avril 2023.

Étape 4

Je peaufine la présentation de ma galerie de portraits dans le cadre ci-dessous et je donne un titre à mon exposition en associant le terme « République » et l'expression « cohésion sociale ».

Titre : ....

• Donnée statistique sur l'emploi des personnes handicapées. • Dispositifs d'aides spécifiques pour l'emploi des handicapés.	• Illustration de l'exclusion sociale liée au handicap.
• Donnée statistique sur les enfants privés de vacances. • Dispositif(s) d'aide(s) disponible(s) pour favoriser le départ en vacances des enfants.	• Illustration de l'exclusion sociale par la privation de vacances des enfants.
• Donnée statistique sur l'emploi des jeunes. • Dispositifs d'inclusion spécifiques pour l'emploi des jeunes.	• Illustration de la difficulté des jeunes à s'insérer dans le monde du travail.
• Donnée statistique sur l'accès à l'emploi des personnes peu qualifiées. • Dispositif(s) de formation continue à destination des personnes sans qualification.	• Illustration de l'exclusion sociale en raison du manque de formation.
• Donnée statistique sur le renoncement aux soins pour des raisons de mobilité. • Dispositif d'aide au trajet vers un lieu de soin.	• Illustration de l'exclusion sociale en raison de l'éloignement des lieux de santé.
• Donnée statistique sur la pauvreté étudiante. • Dispositifs d'aides à destination des étudiants.	• Illustration de l'exclusion sociale des étudiants par l'insuffisance de ressources.

Projet

Organiser la visite d'une collectivité territoriale avec rencontre d'un·e élu·e sur la décentralisation

Étape 1

Choisir une collectivité territoriale

Communes | **Départements** | **Régions**

Ces collectivités « de droit commun » :
- sont inscrites dans la Constitution (article 72)
- ont des caractéristiques identiques
- peuvent connaître des dérogations pour leur fonctionnement

Collectivités à statut particulier

Elles ont des règles spécifiques :
- Exemples : Paris, Métropole de Lyon, Corse, Nouvelle-Calédonie

Collectivités d'outre-mer
(article 74 de la Constitution)
- Polynésie française, Wallis-et-Futuna, Saint-Pierre-et-Miquelon, Saint-Barthélemy, Saint-Martin

Elles ont chacune un statut propre fixé par une loi organique

Direction de l'information légale et administrative
vie-publique.fr I 2021

Étape 2

Prendre contact avec une élue ou un élu de cette collectivité territoriale

Adresse	Numéro de téléphone	Adresse e-mail	Identité de la personne contact s'il ne s'agit pas de l'élu·e	Identité de l'élu·e

Étape 3

Présenter sa démarche

Se présenter	Présenter le contexte de cette démarche (cours d'EMC, thème)	Présenter ce que l'on attend de cette rencontre (vous pouvez vous appuyer sur l'étape 4)
....	....	....
....	....	....
....	....	....
....	....	....
....	....	....

Étape 4

Élaborer un questionnaire

→ Voici, dans le désordre, quelques sujets pouvant permettre de construire un questionnaire. Réorganisez-les pour définir une progression logique, puis construisez vos questions à partir de celles-ci.

Sujets :

- Lien avec les autres collectivités territoriales.
- Compétences de la collectivité territoriale dans le cadre de la décentralisation.
- Fonctions et/ou missions de l'élu·e au sein de la collectivité territoriale.
- Lien avec l'État.
- Fonctionnement de la collectivité territoriale.
- Relations avec l'Union européenne.
- Lien avec les citoyens.

....

....

....

....

....

....

....

....

....

Étape 5

Réaliser une interview

→ Pour recueillir le témoignage de l'élu·e, vous pouvez, avec son autorisation, utiliser le dictaphone d'un smartphone ou un enregistreur.

→ Vous pouvez également filmer cet entretien avec les autorisations préalables de tous les acteurs.

Étape 6

Diffuser les connaissances acquises

→ Pour diffuser ce que vous avez appris lors de cette visite, vous pouvez soit médiatiser l'enregistrement audio, toujours avec l'autorisation des personnes dont la voix est audible, soit réaliser une infographie ou une affiche à exposer dans votre lycée.

→ Avant toute diffusion, présentez votre travail à l'élu/e pour recueillir son accord.

CONSEILS

Soyez collaboratif : réfléchissez à l'organisation du travail et définissez les missions de chacun dans le groupe : *Qui prend contact ? Qui rédige les questions ? Qui les pose à l'oral ? Qui se charge de l'enregistrement ?* Etc.

 # lien
Genially
foucherconnect.fr/25hgc157

Je mobilise les connaissances du thème

• Sujet : Prévenir et sanctionner le racisme pour maintenir la cohésion sociale

Doc. 1 Évolution des faits* racistes et antisémites (2020-2023)

	2020	2021	2022	2023	Évolution 2020-2023
Faits antimusulmans	234	213	188	242	+ 3 %
Faits antisémites	339	589	436	1 676	+ 394 %
Autres faits racistes et homophobes	888	1 326	1 012	1 221	+ 37%
Total	1 461	2 128	1 636	3 139	+ 115 %

*Recensés par la Direction nationale du renseignement territorial.

Rapport sur la lutte contre le racisme, l'antisémitisme et la xénophobie 2023, Commission nationale consultative des droits de l'homme (CNCDH), juin 2024.

Doc. 3 Une communication de la DILCRAH en 2024

Près d'une centaine d'initiatives sont répertoriées sur tout le territoire : actions culturelles, conférences, expositions, projections vidéo, tables rondes, etc. venant ainsi compléter le travail mené par les équipes éducatives dans les établissements scolaires.

www.dilcrah.gouv.fr, mars 2024.

Doc. 2 Une proposition de loi en 2023

En l'état actuel du droit, l'injure non publique à caractère raciste, sexiste, homophobe constitue une contravention de 5e classe qui expose son auteur à une peine maximale de 1 500 euros d'amende (article R. 625-8-1 du Code pénal).
L'injure publique à caractère discriminatoire est en revanche un délit puni d'un an d'emprisonnement et de 45 000 euros d'amende (article 33 de la loi du 29 juillet 1881 sur la liberté de la presse) tandis que la loi du 24 août 2021 confortant le respect des principes de la République a introduit une circonstance aggravante lorsque l'injure publique à caractère discriminatoire est commise par une personne dépositaire de l'autorité publique ou chargée d'une mission de service public, dans l'exercice de sa mission. De tels faits sont passibles de trois ans d'emprisonnement et de 45 000 euros d'amende.
Pour mieux lutter contre ces faits et discriminations, pour préserver notre pacte républicain et protéger nos concitoyens, la sanction pénale doit être garantie et systématique. [...] La présente proposition de loi vise ainsi à permettre la possibilité d'émettre un mandat d'arrêt en cas d'infractions graves à caractère raciste ou antisémite. [...]
Depuis 50 ans et la loi Pleven*, ces incitations à la haine inqualifiables persistent et se diffusent sans que nous puissions y apporter de sanctions à la hauteur du préjudice commis. [...]

*Loi contre le racisme de 1972.

Proposition de loi n° 1727, www.assemblee-nationale.fr, octobre 2023.

1 **Justifiez les affirmations ci-dessous par les données du tableau.**

– Dans l'ensemble, les faits racistes sont beaucoup plus nombreux en 2023 qu'en 2020.

....

....

....

– Les faits antisémites ont bondi entre 2022 et 2023.

....

....

....

– En 2022, les faits antisémites ne sont pas les faits racistes les plus nombreux.

....

....

....

....

....

2 Indiquez 4 mesures législatives (lois ou articles) actuellement en vigueur pour lutter contre les discriminations racistes.

– ....

– ....

– ....

– ....

3 Expliquez l'objectif et la principale mesure envisagée par la proposition de loi n° 1727 déposée à l'Assemblée nationale en 2023.

....

....

....

4 Présentez l'enjeu de l'affiche diffusée par la Délégation interministérielle à la lutte contre le racisme, l'antisémitisme et la haine anti-LGBT (DILCRAH).

....

....

5 En prenant appui sur les documents et sur vos connaissances, vous compléterez le texte ci-dessous afin d'étayer la thèse énoncée en introduction.

Pour maintenir la cohésion de la société, la République mène des politiques de répression et de prévention contre les discriminations racistes.

En matière de répression du racisme, la République s'emploie d'abord à... ....

....

....

....

....

....

....

En matière de prévention, la République encourage... ....

....

....

....

....

....

....

Je mobilise les connaissances du thème

• Sujet : Les noms de rue, des objets de mémoire collective

Doc. 1 Une avenue débaptisée

[...] Aujourd'hui, ces changements (de noms de rue) ne se font plus qu'en de très rares occasions. L'objectif est que le nom honoré ne porte pas atteinte à l'image de la ville et ne heurte pas la sensibilité des habitants.
La dénomination d'une voie ou d'un équipement public relève de la compétence du conseil municipal. Elle doit donc obligatoirement faire l'objet d'une délibération.
Avant d'être fait maréchal de France, Robert Bugeaud (1784-1849) s'est en effet rendu coupable d'exactions durant la colonisation de l'Algérie par la monarchie de Juillet. Nommé gouverneur général de l'Algérie, il met en pratique de son propre chef les « enfumades », qui consistaient à asphyxier les populations pour accélérer la conquête des territoires. Ces véritables crimes de guerre font scandale dès son époque : même en France, ses contemporains sont scandalisés et jugent ses actions comme des atrocités.
Bugeaud n'était pas non plus tendre avec les Parisiens : il a lui-même théorisé la meilleure façon de réprimer les insurrections populaires et républicaines sous la monarchie de Juillet, et il s'est fait connaître comme « l'homme de la rue Transnonain », du nom d'un massacre survenu dans l'actuelle rue Beaubourg, en 1834. Enfin, dans ses écrits, le maréchal Bugeaud fait preuve à plusieurs reprises de racisme et d'antisémitisme.
La décision de retirer son nom de la nomenclature parisienne s'appuie non seulement sur l'indignation de nombreux Parisiens, mais aussi sur la consultation par la ville d'un grand nombre d'historiens, de chercheurs et de collectifs associatifs.
En France, d'autres villes ont fait le même choix : à Marseille, l'école Bugeaud a changé de nom en 2021 et, à Périgueux, un panneau pédagogique a été apposé sous la statue du maréchal pour rappeler la brutalité du personnage. [...]

Mairie de Paris, *Paris.fr*, « Six lieux ont été renommés à Paris depuis 2001 », décembre 2024.

Doc. 2 La mairie de Paris décide de rebaptiser l'avenue Bugeaud « avenue Hubert Germain »

La maire de Paris, Anne Hidalgo, a inauguré lundi dans le 16e arrondissement l'avenue Hubert Germain, dernier Compagnon de la Libération, dont le nom remplacera celui du maréchal controversé Bugeaud, figure de la colonisation de l'Algérie par la France au XIXe siècle. [...]
« Nous avons décidé de renommer cette avenue afin qu'elle puisse prendre le nom d'une figure de combat, de tolérance et de liberté, dans la fidélité des valeurs qui sont celles de Paris », a-t-elle rappelé dans un communiqué publié lundi.
Hubert Germain, né dans le 16e arrondissement, s'était engagé dans les Forces françaises libres dès juin 1940 et a participé au débarquement de Provence en 1944.
À travers ce changement de nom, la ville souhaite « rendre un dernier hommage » à ce résistant, qui était « l'ultime survivant des Compagnons de la Libération » à son décès en 2021, explique-t-elle dans un communiqué diffusé mercredi.
La décision a été votée à l'unanimité au Conseil de Paris le 11 juillet, même si certains élus ont montré leurs réticences à débaptiser des rues : « qu'on vienne dénoncer (le colonialisme) aujourd'hui, oui. Le gommer complètement, c'est absurde et n'aidera personne », a plaidé l'élu LR Francis Szpiner. [...]
Les anciennes plaques au nom du maréchal Bugeaud seront conservées au musée Carnavalet, qui retrace l'histoire de la capitale.

AFP, 14 octobre 2024.

Présentation de l'ancienne et de la nouvelle plaque au musée de l'histoire de Paris (musée Carnavalet), 2024.

1 Identifiez la collectivité territoriale qui a compétence pour modifier les noms de rue.

....

....

2 Racontez le processus par lequel la décision de modification du nom de l'avenue a été prise en complétant le tableau ci-dessous.

1	2	3	4	5
Une partie de la population parisienne s'indigne de ce qu'une avenue porte le nom du maréchal Bugeaud.	....	Proposition de la maire de Paris de renommer l'avenue.	....	Inauguration de la nouvelle avenue.

3 Relevez les différentes raisons qui ont conduit la mairie de Paris à modifier le nom de l'avenue Bugeaud.

....

....

....

....

....

....

....

4 D'après vous, pourquoi l'ancienne plaque sera-t-elle conservée au musée Carnavalet de l'histoire de Paris ?

....

....

....

5 En prenant appui sur les documents précédents et vos connaissances, expliquez pourquoi la mise en valeur de personnalités historiques par l'État ou les collectivités territoriales est un facteur de cohésion.

....

....

....

....

....

....

Thème annuel

Cohésion et diversité dans une société démocratique

1 Les valeurs et les principes de la République à l'épreuve de la cohésion sociale

Écrivez ici ce que vous avez conduit comme projets dans votre classe, dans les centres de formation ou dans les entreprises à l'occasion de vos périodes de formation en milieu professionnel.

Indiquez aussi tous les événements personnels en lien avec le thème (lectures, rencontres, visites…).

2 La République et la Nation

Écrivez ici ce que vous avez conduit comme projets dans votre classe, dans les centres de formation ou dans les entreprises à l'occasion de vos périodes de formation en milieu professionnel.

Indiquez aussi tous les événements personnels en lien avec le thème (lectures, rencontres, visites…).

Mise en œuvre des capacités

Complétez le tableau en positionnant votre travail sur les capacités.

HISTOIRE		
Premier thème • Hommes et femmes au travail en métropole et dans les colonies françaises (XIXe siècle-1re moitié du XXe siècle)		
Capacités travaillées	Élève	Professeur
Construire une frise chronologique identifiant les acteurs de la question sociale, leurs modalités d'action et les principales avancées sociales sur la période étudiée (métropole et colonies).		
Contextualiser une/des œuvre(s) mettant en scène des femmes ou des hommes au travail pour conduire une analyse historique.		
Raconter individuellement ou collectivement le quotidien d'une femme ou d'un homme au travail au XIXe siècle ou dans la première moitié du XXe siècle à partir de recherches dans la région du lycée des élèves (écomusées, musées et patrimoine industriel, agricole, archives locales, mémoires orales et récits ouvriers par exemple).		
Second thème • Guerres européennes, guerres mondiales, guerres totales (1914-1945)		
Capacités travaillées	Élève	Professeur
Compléter et mettre en relation deux cartes présentant la dimension mondiale des deux guerres (fronts, rôle des empires coloniaux).		
Confronter des points de vue sur les traités de paix des années 1920.		
Raconter l'engagement d'un acteur défenseur de la paix.		
Rechercher des informations sur les processus de déportation pendant la Seconde Guerre mondiale depuis la France (par exemple de la région du lycée) pour en rendre compte à l'oral ou à l'écrit à titre individuel ou collectif.		

GÉOGRAPHIE

Premier thème • La recomposition du territoire urbain en France : métropolisation et périurbanisation

Capacités travaillées	Élève	Professeur
Analyser un paysage urbain ou périurbain à partir d'une photographie ou une image satellite pour réaliser le croquis d'un aménagement.		
Décrire et expliquer les mobilités et les activités du quotidien d'un habitant d'une métropole ou d'une commune périurbaine (à l'oral ou à l'écrit).		
Identifier les acteurs intervenant dans l'aménagement d'un territoire périurbain (schéma, texte…).		
Confronter des points de vue sur un aménagement périurbain (débat) en exerçant son esprit critique.		

Second thème • L'Afrique, un continent en recomposition

Capacités travaillées	Élève	Professeur
Situer quelques ressources stratégiques (eau, énergie, matières premières par exemple) en Afrique.		
Caractériser l'urbanisation du continent africain à partir de cartes.		
Rendre compte à l'oral de manière individuelle ou collective des stratégies d'implantation de la Chine en Afrique.		

Extrait des programmes

HISTOIRE – États et sociétés en mutations (XIXe siècle-1re moitié du XXe siècle)

Thème 1 • Hommes et femmes au travail en métropole et dans les colonies françaises (XIXe siècle-1re moitié du XXe siècle)

Notions et mots-clés	Capacités	Repères*
Agriculture Artisanat Droits sociaux Exode rural Féminisation des emplois Industrialisation Instruction publique Plantations Question sociale Syndicat Usine **Notions et mots-clés déjà mobilisés dans le cycle de formation** *Empire colonial* *Esclavage*	**Construire** une frise chronologique identifiant les acteurs de la question sociale, leurs modalités d'action et les principales avancées sociales sur la période étudiée (métropole et colonies). **Contextualiser** une/des œuvre(s) mettant en scène des femmes ou des hommes au travail pour conduire une analyse historique. **Raconter** individuellement ou collectivement le quotidien d'une femme ou d'un homme au travail au XIXe siècle ou dans la première moitié du XXe siècle à partir de recherches dans la région du lycée des élèves (écomusées, musées et patrimoine industriel, agricole, archives locales, mémoires orales et récits ouvriers par exemple).	*1831 : Révolte des canuts lyonnais.* *1848 : Ateliers nationaux et seconde abolition de l'esclavage en France.* 1864 : Reconnaissance du droit de grève. *1881-82 : Lois Ferry : Jules Ferry et l'école gratuite, laïque et obligatoire.* Décret de création des premières écoles nationales professionnelles. 1884 : Loi Waldeck-Rousseau sur le droit de se réunir en syndicat. 1898 : Loi sur l'indemnisation des accidents du travail. 1901 : Loi sur le droit d'association. 1919 : Loi Astier sur l'enseignement technique. 1928 : Loi sur les assurances sociales. *1936 : Front populaire, lois sociales, accords de Matignon et réformes de Jean Zay.* 1946 : Loi Houphouët-Boigny, abrogation du travail forcé dans les colonies.

Lien avec l'histoire : « **Métiers, compagnons, compagnonnage et chef-d'œuvre au XIXe siècle** » (classe de seconde).
Lien avec le français : « **Lire et suivre un personnage : itinéraires romanesques** » (classe de première) et « **Dire, écrire, lire le métier** » (co-intervention).

Thème 2 • Guerres européennes, guerres mondiales, guerres totales (1914-1945)

Notions et mots-clés	Capacités	Repères*
Anticolonialisme Antisémitisme France libre Génocide Guerre mondiale Guerre totale Propagande SDN, ONU **Notions et mots-clés déjà mobilisés dans le cycle de formation** *Empire colonial*	**Compléter et mettre en relation** deux cartes présentant la dimension mondiale des deux guerres (fronts, rôle des empires coloniaux). **Confronter** des points de vue sur les traités de paix des années 1920. **Raconter** l'engagement d'un acteur défenseur de la paix. **Rechercher** des informations sur les processus de déportation pendant la Seconde Guerre mondiale depuis la France (par exemple de la région du lycée) pour en rendre compte à l'oral ou à l'écrit à titre individuel ou collectif.	*1914-18 : Grande Guerre.* 1915 : Génocide des Arméniens et d'autres populations chrétiennes de l'Empire ottoman. 28 juin 1919 : Signature du traité de Versailles. 1937 : Début de la guerre en Asie (agression du Japon contre la Chine). 30 septembre 1938 : Accords de Munich. *1939-1945 : Seconde Guerre mondiale ; génocides des Juifs et des Tsiganes.* *18 juin 1940 : Appel du général de Gaulle.* 28 août 1940 : Brazzaville, capitale de la France libre. 1943 : Publication du *Manifeste du peuple algérien*. 8 mai 1945 : Fin de la Seconde Guerre mondiale en Europe, massacres de Sétif et Guelma. *26 juin 1945 : Charte de San Francisco (création de l'ONU).* 6 et 9 août 1945 : Bombardements atomiques sur Hiroshima et Nagasaki.

Lien avec l'histoire : « **Hommes et femmes au travail en métropole et dans les colonies françaises (XIXe siècle-1re moitié du XXe siècle)** » (classe de première) et « **Vivre en France en démocratie depuis 1945** » (classe de terminale).

* En italique, les repères vus au collège.

GÉOGRAPHIE

Recompositions du monde

Thème 1 • La recomposition du territoire urbain en France : métropolisation et périurbanisation

Notions et mots-clés	Capacités	Repères*
Aires urbaines Aménagement Conflits d'usage Habiter Objectifs de développement durable Espace périurbain Pôle urbain Espace rural **Notions et mots-clés déjà mobilisés dans le cycle de formation** *Développement durable* *Mobilité*	**Analyser** un paysage urbain ou périurbain à partir d'une photographie ou une image satellite pour réaliser le croquis d'un aménagement. **Décrire et expliquer** les mobilités et les activités du quotidien d'un habitant d'une métropole ou d'une commune périurbaine (à l'oral ou à l'écrit). **Identifier** les acteurs intervenant dans l'aménagement d'un territoire périurbain (schéma, texte...). **Confronter** des points de vue sur un aménagement périurbain (débat) en exerçant son esprit critique.	Une dizaine d'aires urbaines françaises parmi les plus peuplées. Les principaux pôles urbains. Les acteurs participant à l'aménagement des territoires à toutes les échelles. Les espaces périurbains dans la région administrative de l'élève. Un espace périurbain dynamique et un espace périurbain en difficulté (si possible dans le territoire de proximité de l'élève). Les espaces d'activité (ZAC, ZI par exemple) dans les communes périurbaines : identification des espaces d'activité.

Lien avec le français : « **Créer, fabriquer : l'invention et l'imaginaire** » (classe de première).
Lien avec l'EMC : « **Égalité et fraternité en démocratie** » (classe de première).

Thème 2 • L'Afrique, un continent en recomposition		
Notions et mots-clés	**Capacités**	**Repères***
Développement Gouvernance Recompositions territoriales Ressources Zone économique spéciale	**Situer** quelques ressources stratégiques (eau, énergie, matières premières par exemple) en Afrique. **Caractériser** l'urbanisation du continent africain à partir de cartes. **Rendre compte** à l'oral de manière individuelle ou collective des stratégies d'implantation de la Chine en Afrique.	*L'aire régionale africaine étudiée : quelques métropoles, un État pour l'aire africaine, un axe de circulation.* *Une puissance émergente (Chine ou Inde).* Les principaux États africains disposant de ressources énergétiques et minières. Les principaux États africains qui reçoivent des prêts chinois (Soudan, Afrique du Sud, Angola, Algérie, Nigéria, Mozambique, Éthiopie). Les lieux de passage commerciaux stratégiques terrestres et maritimes en Afrique. Quelques aménagements d'infrastructures de transport réalisés en Afrique avec des financements étrangers (chinois ou européens). Trois ports stratégiques (Mombasa, Djibouti, Port-Soudan) des « nouvelles routes de la soie ».
Lien avec l'histoire : « **L'expansion du monde connu (xve-xviiie siècles)** » (classe de seconde).		

* En italique, les repères vus au collège.

ENSEIGNEMENT MORAL ET CIVIQUE – Cohésion et diversité dans une société démocratique Les valeurs et les principes de la République à l'épreuve de la cohésion sociale (7 à 8 heures en voie professionnelle)	
Notions abordées	**Contenus d'enseignement**
Solidarité et fraternité (vues en 5e)	• En mettant en avant les principes de liberté, d'égalité et de fraternité, la devise de la République française, comme l'article premier de la Constitution, indiquent que la Nation est porteuse d'un projet social. Celui-ci implique à la fois de lutter contre toutes les formes d'inégalité et de tisser des liens étroits de solidarité entre les citoyens. • Les inégalités économiques et sociales peuvent présenter un danger pour la cohésion sociale et la démocratie.
Égalité femmes-hommes (vue en 5e)	• L'égalité entre les femmes et les hommes illustre la manière dont un principe, objet de mobilisations et de politiques volontaristes, transforme progressivement la société, tout en se heurtant à diverses formes de résistance.
Discriminations et société inclusive (vues en 5e)	• Appuyée par la loi, la lutte contre les discriminations se nourrit du principe d'égalité et de celui de fraternité. La conception d'une société inclusive tournée vers les personnes en situation de handicap y ajoute un impératif de solidarité.
Racisme, antisémitisme, antitsiganisme, xénophobie, haine anti-LGBT (vus en 5e)	• Portant atteinte à la cohésion d'une société démocratique, le racisme, l'antisémitisme, l'antitsiganisme, la xénophobie et la haine anti-LGBT sont punis par la loi.
Pluralisme	• Le principe de la laïcité vise à rendre possible la coexistence pacifique d'individus et de groupes dont les options philosophiques ou religieuses restent différentes.
La République et la Nation (7 à 8 heures en voie professionnelle)	
Notions abordées	**Contenus d'enseignement**
Indivisibilité de la République Décentralisation	• Disposant que la République est « indivisible » et que « son organisation est décentralisée », la Constitution de la Ve République assure un équilibre entre l'unité de la Nation et la diversité. • La décentralisation opérée depuis 1982 a transféré certaines compétences de l'État aux collectivités territoriales ; les territoires ultramarins ont vu leurs statuts évoluer.
Nationalité et citoyenneté (vues en CM2)	• Dans la République française, la communauté nationale est une communauté ouverte marquée par la possibilité d'acquérir la nationalité française (distinction du droit du sang et du droit du sol) comme par l'existence d'une citoyenneté européenne. • Les questions mémorielles contribuent à une réflexion sur l'identité de la Nation, constituant, tantôt le ferment de son unité, tantôt un champ d'affrontements idéologiques et politiques. • L'idée de patriotisme constitutionnel exprime l'attachement des citoyens aux principes fondateurs de la République et de la démocratie françaises, ainsi que le souci de les voir respectés et de mieux en mieux réalisés.
Défense et sécurité nationale (vues en 4e) Société numérique	• La communauté nationale se matérialise aussi par l'existence d'une défense nationale. Celle-ci est confrontée à des enjeux renouvelés (terrorisme, cybersécurité, etc.) dans un monde à la fois de plus en plus interdépendant et soumis à des tensions économiques, politiques et culturelles constantes.

Table des crédits

Rabat I - 1	© licra
Rabat I - 2	ph © Albert Harlingue/Roger-Viollet
Rabat I - 3	ph © Usis-Dite/Leemage
Rabat I - 4	© Ville de Nantes
Rabat I - 5	© Laboratoire de l'égalité
Rabat I - 6	ph © Joël Robine/AFP Photo
Rabat I - 7	ph © Getty Images
Rabat I - 8	ph © Zoonar GmbH/Alamy/ Photo12
Rabat I - 9	© Fondation ELYX
Rabat I - 10	ph © alina_buzunova/stock. adobe.com
Rabat II - 1	Coll. Musées Gadagne, Lyon
Rabat II - 2	ph © Archives Snark/Photo12
Rabat II - 3	Coll. J. Brembati - Image'Est
Rabat II - 4	ph © colaimages/Alamy/Photo12
Rabat II - 5	ph © Heritage Images/The Print Collector/Photo12
Rabat II - 6	ph © TigH - Domaine public
Rabat II - 7	Coll. Kharbine-Tapabor
Rabat II - 8	ph © Michael Rougier/Time Life Pictures/Getty Images
Rabat III - 1	ph © Imperial War Museum/ Aurimages
Rabat III - 3	ph © BnF, Paris
Rabat III - 4	ph © Photoshot/Aurimages
Rabat III - 5	ph © Collection Dagli Orti/ Aurimages
Rabat III - 6	ph © Archives de Gaulle/ Bridgeman
Rabat III - 7	ph © Picture-Alliance/ZB/Akg-Images
Rabat III - 8	Coll. Dixmier/Kharbine-Tapabor
Rabat III - 9	ph © Pictures from History/ Bridgeman Images
Rabat VI - 1	Coll. Musée de la Révolution française - Département de l'Isère
Rabat VI - 2	ph © Keystone-France / Gamma Rapho
Rabat VI - 3	Coll. Musée Curie (coll. ACJC)
Rabat VI - 4	© RFO Réseau France Outremer / INA
Rabat VI - 5	© Ministère de l'Intérieur
Rabat VI - 6	ph © Corine Brisbois/Divergence
Rabat VI - 7	© Centre des monuments nationaux
4	© Organisation des Nations Unies
8	ph © Cliché Laurent-Nel - Tous droits réservés - Collection Musée de Bretagne, Rennes
9-h	ph © Joe Rosenthal / AP / Sipa Press
9-b	ph © Shutterstock / ALTV
10	ph © REUTERS/Monicah Mwangi
11-h	© Ministère du Travail, de la Santé, des Solidarités et des Familles
11-b	ph © Angeline Desdevises / Hans Lucas
12	ph © Cliché Laurent-Nel - Tous droits réservés - Collection Musée de Bretagne, Rennes
13-g	CC0 Paris Musées / Musée Carnavalet - Histoire de Paris
13-mg	ph © Archives Snark / Photo12
13-m	© La Poste 2025 - © Huguette Sainson, Cécile Guillaume
13-d	ph © BnF, Paris
14	ph © adoc-photos
15	© Musée des Beaux-Arts d'Arras
16-g,d	ph © Archives Terre Blanche / Photononstop
17	ph © BnF, Paris
18	Coll. Musées Gadagne, Lyon
20	Coll. J. Brembati - Image'Est
21	Coll. Kharbine-Tapabor
23	Coll. Dixmier / Kharbine-Tapabor.
24	ph © PVDE / Bridgeman Images
26	ph © Leonard de Selva / Bridgeman Images
28	ph © BnF, Paris
32-1.	Coll. particulière
32-2.	ph © Bridgeman Images
32-bg	ph © Bridgeman Images
32-bd	Coll. Musée Curie (coll. ACJC)
34-h	ph © Thomas Duval
34-m	ph © Jean-Louis Martinetti
36	Coll. Wisconsin Historical Society
38	ph © Joe Rosenthal / AP / Sipa Press
39-g	ph © Imperial War Museum / Aurimages
39-d	ph © Picture-Alliance / ZB / Akg-Images
40	ph © British Library / Aurimages
41	ph © Imperial War Museum
42	ph © Tallandier / Bridgeman images
43	ph © BnF, Paris
44	ph © Hulton Deutsch / Getty-Images
46	ph © Moravice / Domaine public
48	ph © BnF, Paris
49	ph © Bettmann Archive / Getty-Images
50	ph © BnF, Paris
51	ph © Dixmier / Kharbine - LA COLLECTION
52	© Chapman University
53	ph © Photoshot / Aurimages
54-h,b	© Archives Départementales du Lot-et-Garonne
56	ph © Sabelskaya / stock.adobe.com
58-1.	ph © British Library / Aurimages
58-2.	ph © BnF, Paris
58-3.	ph © Archives de Gaulle / Bridgeman
58-4.	ph © Keystone-France / Gamma - Rapho
58-5.	ph © BnF, Paris
58-6.	ph © Dixmier / Kharbine - LA COLLECTION
60	ph © BnF, Paris
62-hd	ph © Keystone-France / Gamma - Rapho
62-bg	ph © Archives de Gaulle / Bridgeman
64	ph © Shutterstock / ALTV
65-hg	ph © Jean-François FREY / PHOTOPQR/L'ALSACE/MAXPPP
65-hm	ph © Laurent Grandguillot / REA
65-hd	ph © Eric Chazerans / PHOTOPQR / Le Bien Public / Maxppp
65-mg	ph © Eric Feferberg / AFP Photo
65-mm	ph © Vincent Isore/IP3 via Maxppp
65-md	ph © daliu / stock.adobe.com
66	ph © Damien Lachas
67	ph © Soudan E. / Alpaca / andia.fr
71	ph © Benjamin Bireau / PuraVida Images
72	ph © Yovanka Ratkovic / ONF
73	ph © CNES
75-h	© Loire-Atlantique développement - LAD-SELA/ Batimage / Baloon Photo
76	© Adème
77-g	ph © Objectif Aéro - Ludovic Delage
77-d	© MV2 ARCHITECTES
79	ph © Julien Lestage
80-hd	ph © Emmanuel DUNAND / AFP
80-mg	ph © La Gazette de SQY
81	ph © PLEIADES/CNES2024, Distribution Airbus DS
84-h	ph © Peter van Evert / Alamy Stock Photo
84-mh	ph © YANNICK LE GAL/ ONLYFRANCE.FR
84-mb	ph © https://lemagdici.com/
84-b	© Organisation des Nations Unies
87	ph © Le Roy Logistique
88-g	© Dijon Métropole 2023
88-d	© Organisation des Nations Unies
90	ph © REUTERS/Monicah Mwangi
93	© Office National du Tourisme en Guinée - https://tourisme.gov.gn/
95-g	ph © Tiago_Fernandez / iStock Editorial
95-d	ph © Atlantide Phototravel / Getty Images
96	ph © Sia Kambou / AFP Photo
98	ph © LI XUEREN / XINHUA / Xinhua via AFP
100	ph © Hoffmann Photography
102-md	ph © fivepointsix / Getty Images/ iStockphoto
102-bg	ph © Renaud Rebardy / Alamy Stock Photo
103	ph © Sia KAMBOU / AFP
104	ph © REUTERS/Abdelhak Balhaki
107	ph © Ahmed HASAN / AFP
110-2	ph © PIUS UTOMI EKPEI / AFP
110-3	Couverture du n°3055 du 28 juillet au 3 aout 2019 © Jeune Afrique
110-4	Couverture de la revue Conflits, n° 45, 2023. © Société d'Édition et de Presse Antéios
110-5	ph © Amanuel SILESHI / AFP
110-6	ph © Minasse Wondimu Hailu / Anadolu Agency via AFP
112-h	© Thandiwe Muriu – ph © Stephen Chung / Alamy Stock Photo
112-b	© Willy Zekid
113	© Faye, Sowa, Savoia © Dupuis, 2025
114	ph © Frédéric Soltan / Getty Images
115	ph © Adeyinka Yusuf / Anadolu Agency via AFP
116	© Conseil Régional de la Jeunesse, Centre-Val de Loire (E. Vincent : Coll. Harvard University ; B. Morisot : doc. Wikimedia / S. Segouin: Coll. National Archives (5957431) / J. Baker: ph © Ministère de la Culture - Médiathèque du patrimoine et de la photographie, Dist. GrandPalaisRmn / Studio Harcourt)
117-1	© Défenseur des droits, www. defenseurdesdroits.fr
117-2	ph © Yowan Denis
118	© Ministère du Travail, de la Santé, des Solidarités et des Familles
120	© DILA 2024
122	ph © Victor Dhollande/Radio France/ Maxppp
124	© Ladom / Ministère des Outre-mer
125	ph © Angeline Desdevises / Hans Lucas
127-g	© DILA 2024
127-d	© Mairie d'Eaubonne
128	ph © « Pour que vivent nos langues »
131	ph © Magali Cohen / Hans Lucas via AFP
134	© DILCRAH
136	ph © Guillaume Bontemps/Ville de Paris

Achevé d'imprimer en France par Imprimerie IPS à Pacy-sur-Eure

Dépôt légal : 17601-4/01 – mars 2025